이터널 썸머

이터널 썸머

초판 인쇄 2024년 3월 10일
초판 발행 2024년 3월 20일

지 은 이   김이후
펴 낸 이   박찬익
편 집 장   권효진
표   지   정예진
책임편집   정봉선

펴 낸 곳   **박이정**
주   소   경기도 하남시 조정대로45 미사센텀비즈 8층 F827호
전   화   031-792-1195 팩 스 02-928-4683
홈페이지   www.pijbook.com
이 메 일   pijbook@naver.com
등   록   2014년 8월 22일 제2020-000029호

ISBN 979-11-5848-930-4 (03810)

* 값 18,000원

그런 여름은 없다

이터널 썸머

Eternal summer

김이후

박이정

추천사

우리가 잘 알지 못하는 저 젊은이들의 나라 젊은 작가들은 무엇을 먹고 마시며 무슨 기쁨을 누리며 사는가? 무엇보다도 그들은 우리 기성세대 작가들에게 어떻게 반발하며 항거하고 극복하려고 하는가?

늘 그게 궁금하던 차에 이 소설 〈이터널 썸머〉를 읽었다. 그리고 나는 신음할망정 아프면서도 아프다고는 발설하지 않는, 더러 마약을 찾을망정 불안에 휩싸여 지내면서도 불안을 얘기하지 않는 젊은 군상들을 만났다.

영화 〈이유 없는 반항〉의 등장인물들은 제목과는 달리 분명한 이유가 있었지만 오늘날 우리 한국의 젊은이들에게는 정말이지 무의미하고 반복적인 몸짓 외에는 그 어떤 희망도 품을 수 없는 듯 보인다. 클럽에 나가 밤새 술 마시고 춤추는 일 외에는, 심지어 친구나 연인들이 러시아나 호주로 꿈을 찾아 떠나기도 하지만 그들 역시 좌절하고, 그 모습을 지켜보는 이들도 그저 무덤덤하게 반응할 뿐이다. 우리의 젊은 작가는 수용소나 다름없는 사회 한구석으로 쫓겨나 아무도 관심 두지 않는 젊은이들을 치밀하게 붙들어 묘사하는 끈기를 발휘한다. 그리하여 읽다 보면 이게 오늘 우리 젊음의 진짜 초상인 듯하여 마음이 몹시 서늘해진다. 우리 기성세대가 그들을 내몬 게 확실하기 때문이다.

어른들이여, 그들에게 이유를 묻기 전에 그들 고통의 실상을 이해해야 한다. 그러기 위해서라도 이 소설에 귀를 기울였으면 한다.

이병천(소설가)

목차

Eternal summer

버드

Eternal summer

*

버드는 여름을 두려워하지 않았다. 가로등 불이 열기로 이글거리는 밤거리를 걸을 때에도 땀을 흘리지 않았다. 그리고 누구보다 빨리 걸으면서 한 번도 뒤돌아보지 않았다. 그건 버드만의 규칙이었다.

우리는 하수구라고 불리는 클럽에서 빠져나와 조금 더 시원한 곳을 찾았다. 그 좁은 하수구엔 언제나 많은 사람들이 우글거렸다. 여름밤은 계속해서 역겹고 끈적한 습기를 내뿜었지만 그곳에 에어컨은 세 대밖에 없었다. 세 대뿐인 에어컨 앞을 독차지하려고 사람들은 데킬라 잔을 손에 들고서 서로를 밀쳐 댔다.

클럽에서는 물을 탄 것 같은 데킬라 한 잔을 삼천 원에 살수 있었다. 바에 앉아있는 여자들과 잔을 부딪치고 데킬라를 몇 잔 들이켜고 나면 금방 취기가 올라왔다.

나와 버드는 갈 곳이 없어 여름 밤거리를 헤매고 다녔다. 땀 때문에 화장이 녹아내려 짜증이 나려던 차에 우리는 호객

하는 직원에게 이끌려 무료 드링크 쿠폰 두 장을 손에 쥐고 지하로 내려갔다. 클럽 한 가운에 크게 자리 잡은 바 안에서 바텐더들이 손을 바쁘게 움직이고 있었다. 그 앞에는 남자들이 여자들을 앉혀놓고 어떻게든 대화를 하려고 무던히 애쓰고 있었다.

나와 버드는 무료 드링크 쿠폰을 데킬라 두 잔과 바꾸고 곧바로 입에 털어 넣었다. 얼른 취하지 않으면 이 재미없는 곳에서 밤새 놀 자신이 없었다.

춤을 출 수 있는 스테이지 쪽으로 가려는데 좌석에 앉아있는 남자들이 몇 번 우리를 가로막았다. 그들은 비싸게 좌석을 산만큼 시간을 조금도 허비할 수 없었다.

나와 버드는 신경질적으로 그들을 밀어냈다. 우리는 서로를 마주 보고 가까이 붙어서 춤을 췄다. 늘 그랬다. 춤을 출 때는 우리 둘 말고 누구도 신경 쓰고 싶지 않았다. 시선을 다른 데 두지 않는 게 중요했다. 어쩌다 멀리서 나를 바라보던 남자와 눈이 마주치기라도 하면 그들은 곧장 내게로 전진해 왔기 때문이다. 우리는 가끔 서로를 바라보면서 웃었다. 아니면 멍하니 허공을 바라보며 춤을 췄다. 이렇게 서로에게 고립된 채로 정신 없이 춤을 추면 누구도 쉽게 다가오지 못했다.

"디제이를 바꾸면 그게 더 도움이 될 텐데."

버드가 말했다.

"쥐처럼 인간이 우글거리는 하수구가 낫겠다."

숨 막히는 하수구라도 쥐들이 몰려드는 건 다 이유가 있었다. 직원이 지나가는 사람들을 잡고 사정하며 지하로 밀어 넣는 클럽들은 또 그럴만한 이유가 있었다.

재미없는 곳이었지만 국내 힙합이 전혀 나오지 않아서인지 클럽 안엔 외국인이 꽤나 많았다. 버드는 장난스럽게 한 명을 가리키며 큰 소리로 내게 "저 백인이 나 쳐다봐."라고 말했다. 그러자 그 백인은 우리 옆을 지나치며 "야, 다 들려."라고 한국어로 또박또박 말했다.

우리는 눈이 휘둥그레져서 서로를 바라봤다. 한국 클럽에 있는 백인이 한국말을 못하리란 법은 없었지만 정말 놀랐다. 한국에 오는 외국인들이란 하나같이 불친절해서 이 나라 말을 제대로 하는 사람을 본 적이 없었기 때문이다. 한국말은 전혀 하지 못하면서 되레 영어를 못 알아듣는 한국인을 바보 취급하는 외국인이 있는가 하면 한국말을 너무 잘하는 미심쩍은 외국인이 있는데, 아무튼 둘 다 이 나라를 무시한다는 공통점이 있었다.

그 백인은 내가 핸드폰을 하는 사이 유창한 한국말로 버드에게 말을 걸었다. 둘은 조금 친해져서 인스타 팔로우를 걸었다.

그는 인스타 팔로워가 몇 만 명이나 됐다. 그의 이름은 디피였다. 디피는 이곳이 따분하지만 다른 곳은 한국 힙합이 나와 가기 싫다고 투덜댔다. 버드는 외국 힙합만 취급하는 다른 클럽을 디피에게 알려줬다. 디피는 버드가 마음에 든 것 같았다. 그는 계속 버드의 곁을 떠나지 않았다.

그러나 버드는 클럽에서 만난 진이라는 영국에서 온 남자를 좋아하고 있었다. 진은 한국말은 하나도 할 줄 몰랐다. 버드는 구글 번역기를 이용해 인스타로 진에게 열심히 장문의 메시지를 보내곤 했다.

진은 며칠 밤을 버드와 보내고 바로 비행기를 타고 다른 나라로 가버렸지만 버드는 진을 좋아하는 걸 포기할 수 없었다. 진은 지금쯤 세계 각지를 돌며 그곳의 여자들을 만나고 있을 게 틀림없었다. 그의 인스타 디엠은 전 세계에서 날아온 장문의 메시지가 가득할 것이다. 그래도 버드는 개의치 않았다. 버드는 이미 클럽에서 만난 연하의 남자친구가 있었다.

버드의 반응이 갈수록 심드렁해지자 디피는 순식간에 어디론가 사라졌다. 클럽은 언제든 몸을 숨기기 좋았다. 많은 이들이 갑자기 숨이 닿을 만한 거리까지 왔다가 다시 어디론가 사라졌다. 그리곤 구석진 곳에서 숨을 죽이고 다시 기회를 노렸다. 그들은 하나같이 비슷한 눈빛을 하고 누군가와 눈이 마주치기만을 기다렸다.

"언니, 진짜 예쁘다."

어려 보이는 여자애 두 명이 나와 버드에게 귓속말로 말을 걸어왔다.

"언니, 머리 진짜 잘 어울려요."

여자애들은 버드의 길고 구불거리는 머리카락을 만지작거리며 몇 번이나 머리가 잘 어울린다고 말했다. 그럴 때 버드는 성격 좋은 사람처럼 여자애들에게 몇 배는 더 많은 칭찬을 쏟아 부었다. 조금도 칭찬할 부분이 없는 여자애들에게 조차 말이다. 버드는 어떻게든 장점을 쥐어짜내서 과대 해석한 다음에 온갖 말을 쏟아내서 여자애들을 즐겁게 해줬다. 그리고 나중에 내게 와서는 이렇게 말했다.

"지독하게 못생긴 년들이었어."

여자애들은 자신들의 이름이 지니와 피아라고 소개했다. 그게 본명일지는 알 수 없었다. 이곳에선 모두 본명에 관심 없었다. 나와 버드는 실명을 말했다. 둘 다 특이한 이름을 가지고 있었기에 아무도 이게 진짜 본명일 거라 생각지도 않았다.

지니와 피아는 우리 눈치를 보며 쭈뼛대며 춤을 췄다. 마침 우리가 좋아하는 노래가 나왔다. 버드의 동작이 자유로워졌다. 그러자 지니와 피아도 어색하게나마 몸을 들썩였다. 버드가 깔깔 웃으며 춤을 너무 잘 춘다고 큰 소리로 칭찬했다. 그러자 조금 더 자신감이 붙었는지 피아가 열심히 골반을 흔들기 시작했다. 버드는 분명 속으로 지니와 피아가 춤을 더럽게 못 춘다고 생각했을 것이다.

지니는 계속 춤을 추다 말고 구석으로 시선을 돌렸다. 조금 한산한 클럽이라 어둠 속에 누가 있는지 정도는 분간할 수 있었다. 남자 네 명이 테이블에 앉아 우리를 바라보고 있었다. 지니는 내 옆구리를 쿡쿡 찔렀다. 그리곤 귓속말로 수줍게 말했다.

"언니가 가서 말 걸어주면 안 돼요?"

지니와 피아가 나와 버드를 붙잡고 조르기 시작했다. 어둠 속으로 고개를 돌려 그들을 자세히 봤다. 저런 남자들하고 놀겠다고 이렇게 졸라댈 일이라니. 어쩌면 지니와 피아는 클럽에서의 운명적 만남에 환상을 품고 있는지도 몰랐다.

우리가 자꾸 시선을 돌리자 남자들이 자리에서 일어났다. 나는 버드의 눈치를 봤다. 남자들은 아무렇지 않게 우리와 섞여들었다. 음악 소리가 시끄러웠기 때문에 그들은 귓속말로 말을 걸어왔다. 언제 왔냐, 몇 살이냐, 여기서 노는 게 재밌냐, 이런 시시한 질문이 이어졌다.

지니와 피아는 옆에 붙은 남자들과 열심히 귓속말을 주고받았다. 버드도 유치한 티셔츠를 입고 있는 남자와 얘기를 나눴다. 기관총을 든 토끼 캐릭터가 그려진 티셔츠였다. 저런 옷을 입고 클럽에 올 생각을 하다니 배짱이 두둑한 인간이었다. 거기에 그는 구찌 로고가 크게 박힌 벙거지를 쓰고 있었다. 그렇게 입고 버드에게 말을 걸 생각을 하다니 그는 오늘 밤 서울 거리에서 가장 뻔뻔한 인간일지도 몰랐다.

버드는 그의 옷이 끔찍하다고 생각했을 것이다. 그런데도 버드는 그가 말을 걸 때마다 아주 재밌는 얘기를 들은 사람처럼 웃으며 내게도 들으란 듯이 손짓했다. 내가 궁금증에 다가가 귀를 갖다 대면 그는 "여기 정말 재밌지 않아요?" 같은 의미 없는 말을 해댔다.

지니와 피아는 이미 옆의 남자와 팔짱까지 끼고 있었다. 그들은 꽤나 다정해 보였다. 토끼티를 입은 남자도 버드와 춤을 추고 있었고 내 옆에 있는 남자만 말없이 서 있었다. 그는 아무리 말을 걸어도 내가 반응하지 않자 풀이 죽어있었다. 나중에 그는 나를 달래기라도 하듯 기분이 안 좋냐, 바람이 쐬고 싶냐, 배가 고프냐는 둥 어떻게든 대화를 이어가려고 했다. 나는 별로 대답하고 싶지 않았다. 그는 내 옆에 서 있다가 토끼 티를 입은 남자와 대화를 나눴다.

토끼 티를 입은 남자가 버드에게 귓속말을 했고 버드는 나를 보고 밖을 가리켰다. 마침 이렇게 따분한 곳에서 노는 것도 피곤했던 터라 나는 먼저 출구로 향했다.

남자들도 우리를 따라왔다. 지니와 피아는 들떠있었다. 오늘의 4:4 헌팅담은 그 애들에게 언제고 회자될만한 특별한 이야기가 될지도 몰랐다. 어쩌면 오늘 만난 이 남자와 사귀게 될지도, 오래도록 혹은 영원히 사랑하게 될지도 몰랐다. 그게 아니어도 상관없고. 그 점이 그들을 가장 안심시켜 줄 것이다. 사랑해도 좋지만 아니어도 상관없는 거.

지니와 피아는 이 남자들을 사랑하게 될 기회가 오면 사랑에 빠져버릴까? 오늘 밤 그들은 끝까지 우리와 남을까? 그들과 사라질까? 나는 계단을 오르며 몇 시간 뒤 우리가 있을 장소들을 생각했다. 내일 나와 버드는 집에서 늦게까지 잠을 잘 것이다. 우리는 일주일 뒤에 다시 이 클럽에 올까? 아니, 얼씬도 안 할 것이다. 그럼 이 주 뒤는? 한 달 뒤에는? 한 달 하고 이주 뒤에는? 나는 어디에 있고 지니와 피아는 누구와 함께 있게 될까? 큐는 그때쯤 나에게 연락을 했을까?

나와 큐는 함께 있을까?

어두운 계단을 오르며 습관적으로 벽을 짚었다. 손끝이 끈적했다. 뒤를 돌아봤다. 어둠 속에서 나에게 말을 걸었던 남자가 나를 따라 올라오고 있었다. 그 뒤에서 지니와 피아가 남자들과 몸을 엉킨 채로 비틀거리고 있었다. 벌써 취한 걸까? 나는 내 뒤를 따라오는 남자에게 팔짱을 끼는 척하며 그의 옆구리에 끈적한 손을 닦았다. 내 손이 닿자 그는 내심 기뻐 보였다. 나는 충분히 손이 닦일 때까지 그의 옆구리에 손을 비볐다가 뺐다. 그는 내 옆에 바짝 붙어 섰다. 계단이 좁아서 모든 게 찝찝했다.

밖은 습하고 무거운 공기로 가득했다. 나는 다시 계단을 뛰어 내려가 시원한 바람을 내뿜는 에어컨 앞에 서고 싶었다. 나를 뒤따라오던 남자가 내 어깨를 잡고 어딘가로 이끌었다. 뜨거운 밤공기에 정신이 아득해졌다. 버드와 토끼티를 입은 남자가 앞장서서 걸었다. 토끼티를 입은 남자는 정말 토끼처럼 깡충깡충 뛰기 시작했다. 나는 그를 버니라고 부르기로 했다. 버드와 버니. 오늘 밤 이 거리에서만큼은 어울리는 한 쌍이었다. 아니, 내가 더위에 넋이 나간 모양이었다. 버드가 저런 남자와 어울릴리가 없는데.

내게 들러붙은 남자는 맨살이 드러난 내 어깨를 커다란 손으로 꽉 쥐었다. 그의 손바닥에 맺힌 뜨겁고 끈적한 땀이 고스란히 내 어깨 위로 쏟아졌다. 나는 축축한 손을 쳐내고 어깨를 손등으로 닦았다. 그러자 남자는 자신의 옷에 손을 닦았다. 화장이 땀에 녹아내리고 있었다. 이 기분이 정말 싫었다. 큐를 잃은 지금은 아무도 좋아하고 싶지 않았다. 앞으로도 누군가를 쉽게 좋아하지 않을 것이다. 의미 없는 다짐이라고 해도 당분간은 이 기분을 지킬 생각이었다.

큐는 내가 아무리 좋아하는 노래를 옆에서 불러도 그 노래가 뭔지 궁금해 하지 않았다. 이거 내가 제일 좋아하는 노래야. 몇 번을 말해도 그는 기억하지 못했다. 다른 노래를 듣다가 내가 이 노래 뭔지 알아?라고 하면 매번 큐는 이게 네가 가장 좋아하는 노래지?라고 답했다.

그런데도 그가 대체 어떤 방식으로 나를 사랑하는지 이해할 수 없었다. 내가 모르는 방식에도 사랑이 있을 수 있는 걸까?

남자는 계속 내게 어깨를 부딪치며 치근덕댔다. 그들이 알고 있다던 단골 술집은 생각보다 멀었다. 밤하늘이 뿌옇고 아무것도 보이지 않았지만 더위 속에서 나는 갑자기 신이 나기 시작했다. 큐가 전혀 모르는 사이 내가 이렇게 일탈을 즐기고 있다는 것과 큐는 그것도 모르고 자신의 방 안에서 조용히 잠이 들었을 거라는 예상이 어딘가 얹힌 것 같은 내 마음을 풀어주었다. 그러나 동시에 그는 내가 모르는 다른 누군가와 함께 누워있을지도, 다른 이를 떠올리며 잠에 들었을지도 모른다는, 어떤 방식으로도 그의 곁에 내가 없을지도 모른다는 생각이 나를 괴롭게 했다.

그러나 지금 내 기분이 비참한 것과 상관없이 누구도 내 슬픔을 보상해줄 필요가 없었다. 그렇기에 내 옆에는 못생기고 촌스러운 남자가 서 있는 거였다.

우리는 홍대거리에서 가장 촌스러운 술집에 도착해 버렸다. 적어도 나는 큐보다는 더 멋진 남자와 근사하고 안락한 곳에서 가치 있는 시간을 보내고 있어야 하는 거였는데 정작 그를 보내고서는 의미 없는 시간만 보내고 있었다.

버드는 웩하며 혀를 내밀고 나를 쳐다봤지만 술집으로 들어서는 발을 멈추지 않았다. 버니는 안내하는 척하면서 버드를 룸 안으로 밀어 넣었다. 지니와 피아는 이미 좁은 룸 안에 착석해 있었다.

버드는 소주와 물회를 시켰다. 난 물회가 정말 싫은데. 그러나 버드가 하는 건 뭐든 받아들일 수 있었다. 버드는 자신의 행동들을 받아들이게끔 하는 재주가 있었다. 그건 버드의 모든 행동이 돌발적이기 때문이었다.

버니는 그새 사랑에 빠진 사람처럼 굴기 시작했다. 그는 일부러 버드를 웃기기 위해 우스꽝스럽게 행동했다. 지니와 피아는 옆의 남자가 적극적으로 나오면 자신만만한 표정을 지었다. 하필 이런 녀석들과 놀고 싶어 안달이 났던 지니와 피아가 싫어지기 시작했다.

"근데 너흰 무슨 일 해?"

소주잔이 테이블 위에 정렬됐는데도 묘한 정적이 유지되자 버드가 질문을 이어나갔다.

"나 알바 해."

버니가 자신 있게 대답했다. 그는 많아 봐야 스물셋 정도로 보였다.

"무슨 알바?"

"찜질방에서 일해."

"뭐? 너 쓰레기구나?"

버드의 말에 룸 안은 조용했다.

"한 잔 마셔."

버드는 당황한 그의 술잔에 소주를 한가득 채웠다. 그는 얼떨떨한 표정으로 소주를 들이켰다.

"그러는 너는 뭐하는데?"

버니가 버드의 잔에 소주를 따르며 물었다.

"나? 나랑 쟤는 대학생."

버드가 나를 가리키며 말했다.

"넌 대학생이잖아?"

"근데? 넌 대학 다니냐?"

"아니. 넌 뭐 대단한데 다니냐?"

"우린 서울예대 다니지."

"그게 어딘데."

"모르냐? 너 진짜 무식하다."

버드는 다시 버니의 잔에 소주를 채웠다. 버니는 얼굴이 빨개져서 바로 잔을 들이켰다.

"넌 왜 안 마셔?"

"너 근데 몇 살이길래 알바해?"

"넌 알바 안하냐?"

"나 안하지."

분위기는 계속 험악해져 갔지만 내 옆에 앉은 남자는 뭐가 그렇게 기분이 좋은지 내게 말을 걸며 웃고 있었다. 그런 상황에서도 내가 가만히 있었던 건 이 모든 상황이 너무 비참했기 때문이었다. 자기보다 못난, 처음 보는 남자랑 내가 이렇게 친밀하게 있다는 걸 큐가 알게 된다면 나와 헤어진 사실을 자랑스럽게 여기며 나를 비웃을지도 몰랐다.

물론 큐는 한 번도 나를 비웃은 적이 없었다. 그렇기에 더 화가 났다. 큐가 나에게 그렇게 다정한 사람이었는데 또다시 비참한 이별을 겪었다는 게 믿기지 않았다. 가장 믿기지 않는 것은 큐와 나 그 누구도 잘못 한 적이 없다는 것이다.

그럼에도 다정한 사람들끼리의 이별은 일어난다. 애써 쏟는 마음이 무안할 정도로 서로에게 불편할 만한 일들은 연쇄적으로 일어나니까.

나는 룸 밖으로 시선을 돌렸다. 취객들이 벌겋게 달아오른 얼굴을 하고 알코올이 섞인 침을 튀기며 놀고 있었다. 나는 술을 별로 좋아하지 않았고 버드는 술을 좋아했다. 버드는 나보다 훨씬 술을 잘 먹었지만 조절을 못 했다. 버드는 언제나 정신이 희미해질 때까지 술을 먹어대다가 만취한 채로 남자친구에게 전화를 걸어 주정을 부렸다. 그리곤 다음날 크게 혼이 나면 내게 이렇게 말했다. 다음번엔 잔다고 하고 몰래 나와야겠어.

희재는 그런 버드를 매번 혼냈지만 버드는 도통 버릇을 고칠 생각이 없어 보였다. 버드는 절대 나쁜 버릇을 고치지 않았다. 이제 버드는 어디까지 이상해질 생각인지 나로서는 감이 잡히지 않았는데, 그야 감옥에 갈 일만 하지 않는다면 그를 말릴 생각은 없었다. 그러나 야밤에 만난 버드의 친구 중에는 눈이 충혈된 채로 불쑥 나타나 얼룩덜룩하게 멍이 든 앙상한 팔뚝을 휘휘 저으며 온갖 술을 시켜대는 녀석이 있어 나를 불안하게 했다. 버드가 혹시나 그를 따라가 함께 며칠 밤을 지새우고 똑같이 팔에 멍 자국을 남겨 올지도 모른다는 걱정이 들어서였다.

그럼에도 야밤에 마주하는 버드의 친구 중에는 희재 같은 사람도 있었다. 희재는 술을 정말 못 먹는 바텐더였다. 가끔 편한 복장으로 일하러 나와 매니저에게 핀잔을 들을 때면 아무렇지 않게 옷소매를 걷어붙이고 긴 머리카락을 올려 묶던 그였다. 매니저 눈을 피해 몰래 우리에게 정체 모를 술을 건네주며 웃던 희재. 술잔을 들고 있는 손가락 마디마다 새겨져 있는 작은 타투들. 그의 얇은 손가락과 웃을 때 보이는 눈꺼풀 위의 작고 희미한 점이 생각났다.

희재가 갑자기 보고 싶어졌다. 여기서 택시만 타고 가면 희재가 일하는 바에 금방 도착할 수 있다.

나는 버드의 팔꿈치를 잡아당겨 귓속말로 물었다.

"희재 지금 일해?"

버드는 어깨를 으쓱했다. 버드는 이 술자리가 재밌는 걸까?

내가 다른 생각에 잠겨있는 사이 버니는 거의 만취해 있었다. 버니는 분에 찬 얼굴로 버드가 따라주는 술을 족족 마시고 있었다. 버니뿐만 아니라 다들 취한 건지 지니는 옆에 앉은 남자의 입술에 뽀뽀를 하고 있었다. 아니, 방금 키스로 바뀌었다. 정말이지 역겹다.

술을 하도 많이 먹어서 침이 많이 나오는 건지 단내가 나는 안주를 앞에 두고 배가 고파진 건지 지니와 남자는 침을 뚝뚝 흘려대며 키스를 하고 있었다. 나는 아무것도 먹고 싶지 않아졌다. 피아는 지니의 격정적인 모습에 감명을 받았는지 눈을 크게 뜨고 그 모습을 지켜보고 있었다.

나는 화장실에 간다 하고 가방과 핸드폰을 챙겨 들고 밖으로 나갔다. 버드에게 '나가자'라고 짧게 문자를 보냈다. 그리고 최대한 술집에서 떨어지기 위해 빠른 걸음으로 걸었다.

잠시 걷고 있으니 곧바로 버드가 맞은 편 골목에서 나타났다. 어떤 길을 빙빙 돌아온 건지 알 수 없었지만 버드는 먼저 출발한 날 앞질러 내 앞에 나타나곤 했다.

"희재가 오래!"

가끔 버드는 너무 빨랐고 어떨 때는 너무 더뎠다. 그리고 대충 변하는 법이 없었다. 버드는 다른 사람이 되어야 할 때는 완전히 다른 사람이 됐다. 그러나 반드시 고쳐야 한다고 남들이 지적하는 부분은 절대 변하지 않았다.

"진짜 더럽게 재미없는 새끼들이네."

버드는 술집에 버리고 온 일행들에 대해 얘기했다.

버드는 가끔 너무 무례했지만 어쩔 땐 다정했다. 원래 그랬다. 버드는 가장 사람들을 곤란하게 만드는 부분은 바꾸지 않고 영원히 간직하면서 모든 사람에게 자신을 각인시켰다. '그래 버드는 이런 사람이야.' 모두가 이렇게 말했다. 버드는 사람들이 가장 싫어하고 불편해하는 부분으로 스스로를 지탱했다. 그게 그다운 거니까.

희재

Eternal summer

*

희재는 얼마 전에 이별했다. 함께 동거하던 남자가 있었는데 그는 유명한 배우를 꿈꾸고 있었다. 가끔 단편영화나 저예산영화, 한 번도 스크린에 올라갈 기회를 얻지 못한 필름에 담긴 적 있는 배우였지만 아무도 그를 몰랐다. 나도 그를 몰랐고, 영화라면 천 편 이상 본 버드도 그를 몰랐다.

그는 작년에 러시아로 떠났다. 그곳에서 배우로 성공하겠다는 거였다. 그가 떠나 정착한 곳이 어딘지 희재가 얘기한 적 있었는데 솔직히 그 나라에 대해선 수도인 모스크바밖에 몰랐기에 완전히 까먹어 버렸다. 아, 하나 더 생각났다. 블라디보스톡.

그 외에는 정말 모른다. 한동안 그는 거기서 주민들과 어울려 살며 검은 빵과 닭 수프를 얻어먹은 영상, 작은 버스를 타고 눈으로 뒤덮인 길을 가로지르는 영상, 강변 근처에 있는 목조 주택에 차려진 작은 박물관에 덩치가 커다란 부부와 그의 어린

아들딸들과 놀러 가는 영상, 날이 갠 날 카페테라스에 앉아 멀리까지 펼쳐진 강줄기와 언덕을 바라보는 자신의 모습을 담은 영상 등을 보내왔다. 전부 아름다운 영상들이었다. 심지어 그의 방에 있는 꽃무늬와 격자무늬가 뒤섞인, 누군가의 낙서 같은 칠이 벗겨진 테이블조차도 예뻐 보일 정도였어서, 희재는 그 영상들을 참고 보기가 괴로웠고, 결국 그에게 이별을 통보했다.

그는 배우가 아니라 돈 많은 집안에서 태어나 단편 예술영화 감독이 됐어야 했다. 그가 찍은 영상들은 너무 짤막하고 어쩔 땐 너무 길었으며 단조롭고 의미심장했기에 유튜브에 올리기에 적합하지도 않았다.

그가 이름 모르는 지역에서 어떤 일로 먹고 살며 자신의 이상을 지탱해 나갈지가 우리의 큰 관심사였으나 희재가 그와 헤어지면서 관심도 시들해져 갔다. 그가 설령 진짜 러시아 배우로 성공해 모스크바에서 가장 큰 극장의 스크린에 올라간다고 하더라도 우리는 알지 못할 것이다.

희재와 그는 돈이 없건 말건 어디로든 여행을 떠났었다. 둘 다 가진 면허증이 이륜 면허증밖에 없어 스쿠터 하나를 빌려서 비가 오면 우비를 입고 언덕길을 올랐으며 무더운 날 뜨거운 햇볕이 내리쬐면 큰맘 먹고 산 비싼 선글라스를 끼고 해변을 달렸고 눈이 와 길이 언 날은 하루 종일 숙소에 틀어박혀 사랑을 나눴다고 했다.

그들은 대부분 거리를 무심히 지나쳤다. 새로운 풍경을 보기 위해 여행을 떠나는 거였는데도 그들의 여행 속 중요한 건 시끄러운 바람 속에서 소리치기, 내리막길을 힘껏 내달리며 비명 지르기, 불안하게 방지턱을 넘어갈 때 어깨와 허리를 꼭 끌어안으며 바람 속으로 사랑한다는 말을 내던지기였다. 그러다가도 도저히 지나칠 수 없는 광경을 마주치면 그들은 멈춰 서서 입에 담배를 물었다. 그리고 한참을 말없이 먼 곳을 바라보며 그 풍경 속으로 담뱃재를 털었다.

그랬던 그가 희재 없이 아름다운 장면 속에 있다는 걸 희재는 참을 수 없었을 것이다. 연애란 그런 것이니까. 상대방에게 무구한 사랑과 축복을 내리는 것이 아닌, 나 없을 행복에 재를 뿌리고 나와 함께한 시간에 의미를 부여하길 바라니까.

그러나 희재는 의연했다. 평소와 같이 남들보다 열심히 일하고 남들보다 조금 더 벌길 원했다. 그가 낮에는 안경을 쓰고 극작가로서 글을 쓰고 밤에는 하종진에서 가장 유명한 바의 바텐더로 일한다는 얘기를 들으면 사람들은 '돈 좀 모았겠네?'라는 말을 했다. 희재는 모은 돈이 하나도 없었다. 그건 나도 마찬가지였다. 그는 버는 돈의 절반을 서울에서 멋진 편에 속하는 옥탑방의 월세와 유지비로 썼다. 나머지는 그도 어디로 갔는지 기억하지 못했다. 돈은 항상 어디론가 증발했다.

나는 희재가 일하는 모습을 좋아했다. 그래서 기대하는 마음으로 택시를 타고 달려간 거였는데 흰 셔츠에 슬랙스를 입은 희재가 길거리에 우리를 마중 나와 있었다.

"둘 다 온다길래 오늘 조퇴함."

희재는 눈을 찡긋하고 웃으며 말했다. 작고 희미한 점이 그가 웃을 때마다 눈꺼풀 위에서 움직였다.

우리는 하종진에서 유명한 힙합클럽으로 들어갔다. 작고 사람이 많지만 노래가 좋은 곳이었다. 그러나 바 쪽으로만 가면 토사물 냄새 같은 게 나서 나는 그곳이 썩 좋지 않았다.

사람이 많아서 셋이서 뭉쳐 다니기가 쉽지 않았다. 중앙에서 구석진 자리로 이동하려 하면 우린 일렬로 서서 사람들을 헤치고 지나가야 했다. 가고자 하는 방향에 가장 가까운 사람이 앞장서서 거칠게 흔들리고 있는 팔다리를 두 손으로 밀쳐내고 몸을 비집고 들어가 길을 만들어야 했다. 나는 그 역할을 맡기가 싫어서 버드와 희재가 앞장서는 방향으로 따라다녔다. 별다른 이유도 없는데 우리는 자꾸 자리를 바꿔가면서 놀았다. 희재는 모든 클럽 노래를 다 외우고 있는듯했다. 자기가 좋아하는 노래가 나오면 희재는 처음부터 끝까지 그 노래를 따라 부르며 춤을 췄다. 나는 영어에는 자신이 없었다. 그래서 따라 부르고 싶은 노래도 쉽사리 따라 부르지 못했다.

　가끔씩 버드와 희재는 사라졌다가 세 잔의 데킬라를 들고 나타났다. 그걸 강제로 입에 털어 넣게 하고 담배 한 개비를 꺼내 셋이서 돌려 피웠다. 나는 담배를 피워 본 적이 없었는데도 희재는 자신이 물고 있던 담배를 내 입에 물려주고 뭐라 뭐라 소리쳤다. 음악 소리와 술기운에 뭐라 하는지 알아들을 수 없었지만 크게 숨을 들이켜라는 것 같았다. 숨을 들이켜자 담배 연기가 머릿속까지 차올랐다. 곧바로 억누르고 있던 술기운이 온몸으로 퍼져나갔다. 나는 몇 번 헛기침하다가 머리가 아프다고 하며 담배를 버드에게 돌려줬고 버드는 한 모금 물고 다시 희재에게, 희재는 이가 드러나게 웃으며 다시 내 입에 담배를 물렸다.

　내 몸은 완전히 술기운에 잠식당했다. 이제는 무슨 노래가 나오고 있는지 구분조차 되지 않았고 쿵쿵대는 베이스 소리만 겨우 분간해내며 몸을 이리저리 기울였다. 조금 전까지는 그렇게 시끄러웠는데 모든 게 이명처럼 작아졌다. 오로지 쿵쿵거리며 머리를 때리는 듯한 낮은 소리만이 거대하게 내 팔과 시야를 잡고 이리저리 뒤집었다. 그런 와중에도 희재와 버드의 목소리는 또렷하게 잘 들려왔고, 둘 중 누군가가 옮기자! 라고 말하는 걸 듣고 그들을 따라 나갔다.

길거리에는 나와 버드, 희재처럼 유쾌하게 웃고 있는 이들도 있었고 멍하니 구석에 서서 담배를 피우는 무리, 넝마 같은 옷을 차려입고 걷고 있는 무리도 있었다. 거리의 모양, 밝기, 방향 등을 분간할 수 없었지만 그곳에 있는 사람들의 행색은 정확히 구분할 수 있었다. 마치 유령이 올라탈 사람을 찾아 생자의 거리를 걷는 것처럼. 우리는 알 수 없는 말과 비명을 내지르며 차도로 나갔고 운이 좋게 바로 택시를 잡았다.

난 곧바로 엎어지듯 뒷좌석에 앉았는데, 희재가 내 엉덩이를 밀고 들어왔다. 택시가 출발하자 갑자기 구토기가 밀려왔다. 아픈 머리를 감싸고 창문에 머리를 기댔다. 조금 졸리기도 했다. 희재가 창문을 열어줬다. 후텁지근한 바람이 내 얼굴을 때리며 잠을 깨웠다.

"언니, 졸려요?"

나는 고개를 끄덕였다.

"졸리지 않게 재밌는 얘기 해줄까요?"

나는 다시 창문을 올리고 눈을 감았다.

"제가 어릴 땐 귀신을 봤거든요. 전에 말했나?"

나는 고개를 저었다. 웅얼거리는 버드의 목소리가 들려왔다. 발음이 많이 뭉개진 걸 보니 만취한 모양이었다. 버드는 택시기사에게 말을 걸고 있었다. 택시기사는 전혀 대꾸를 하지 않는데도 버드는 계속 같은 말을 반복하고 있었다.

"예전에 살던 집이 터가 안 좋았어요. 매일 벽에는 곰팡이가 피고, 형광등은 멋대로 꺼졌다고 켜지고, 누군가 창문을 두드리는 듯한 소리가 밤마다 들리고. 그 때 전 집에서 매일같이 귀신을 봤는데 그땐 그게 무서운 줄 몰랐어요. 전 걔들이 그냥 친구인 줄 알았어요. 보기엔 사람 같았거든요. 그냥 화장실 구석에 서 있거나 벽장 안에 구겨진 채로 앉아서 온종일 엄마를 쳐다보고 있거나 주방에서 긴 팔로 계속 바닥을 쓸고 다니고 이럴 뿐이었지."

"안 무서웠다고?"

"응, 전혀."

"어떻게 생겼어?"

"그냥 평범한 아줌마, 아저씨처럼 생겼어요."

"응."

"근데 어떤 날 처음으로 그게 나쁜 거라는 생각이 들었어요. 왠지 알아요?"

다시 토기가 올라왔다. 창문을 더 내려 봐도 바람이 뜨거운 탓에 구역질이 가시질 않았다.

"저희 오빠가 침대 밖으로 손을 뻗고 자고 있는데, 누가 그 앞에 서서 오빠 손가락을 톡톡 건드리고 있었어요. 궁금해서 뭐하나 보러 가려고 했지, 근데 방으로 가려는 순간 오빠 손에 닿은 손가락이 부들거리더니 어깨까지 들썩거리기 시작하는 거예요. 그러다가 그 자리에 서서 그게 쿵쿵 뛰기 시작했어요. 뒤돌아서 있어서 그땐 왜 그러는지 몰랐어요. 근데 그게 갑자기 방문을 닫으려고 휙 뒤돌아서더라고요. 그때 눈이 마주치고 알았어요. 그 귀신이 온몸이 떨릴 정도로 웃고 있었다는 걸.”

“으응.”

“그러고 방문이 닫혔는데, 오빠가 거기에 있는데, 하나도 무섭지가 않고 전 계속 웃음만 났어요.”

택시를 오래 탈수록 취기가 심해져서 희재의 얘기가 별로 무섭지 않았다. 내가 당장 이 자리에서 구토를 할지 안 할지가 더 중요한 문제였다. 나는 가슴에 손을 얹고 얼른 이 택시가 목적지에 도착하길 빌었다.

“언니, 그거 알아요? 진짜 무서운 귀신은 웃으면서 춤추고 있는 귀신이래. 사람을 해칠 생각에 너무 신이 나서 그렇게 뛰고 있는 거래요.”

“하하.”

나는 아무 의미 없이 웃었다. 습관이었다.

정신을 차려보니 익숙한 거리에 도착해 있었다. 택시에서 내리니 속이 한결 나아졌다, 술이 전혀 깨질 않았다. 신이 나서 희재나 버드, 누군가의 옆구리와 어깨를 잡고 클럽까지 달렸다. 귀에서 깔깔거리는 웃음소리가 들려왔는데 누구의 웃음인지 알 수 없었다.

우리는 다시 하수구로 돌아왔다. 이곳이 가장 좋았기 때문이다. 여전히 하수구엔 쥐새끼들이 많았다. 조금 전에 봤던 얼굴들하고는 또 다른 것 같았지만 알 바 아니었다. 우리는 일부러 쥐새끼들의 발등을 꾹꾹 밟으며 헤쳐나가 에어컨 앞자리를 사수했다. 너무 더웠지만 더 벗을 것도 없었다. 우리는 큰소리로 노래를 따라 부르며 춤을 췄다. 나는 전혀 모르는 영어 가사가 나와도 대충 부르고 싶은 대로 부르며 춤을 췄다. 노래가 수시로 바뀌었지만 더 이상 그런 건 신경 쓰지 않기로 했다. 몸을 휘젓고 싶은 대로 휘저었다가 노래에 안 맞는다 싶으면 그 자리에서 마음대로 쿵쿵 뛰었다. 우리가 아무리 제멋대로 춤을 춰도 그곳에서 우리보다 춤을 잘 추는 녀석들은 없었다. 사실 그곳에서 춤을 잘 추고 싶은 쥐새끼는 아무도 없었다. 우리는 있어야 할 곳에 있어서 다만 그곳에 바글거릴 뿐이었다.

그런데 그 많은 움직임 속에 이상한 흐느적거림이 있었다. 가끔 그것은 축 쳐져서 힘없이 몸을 흔들었다가 발작하듯 제자리에서 뛰고 팔다리를 뒤틀면서 사방으로 뻗어댔는데 아무도 그걸 불편해하지 않았다. 어깨를 펴기도 힘들 정도로 좁은 이곳에서 혼자 폴짝폴짝 뛰어대고 몸을 비틀어대는데 그것은 아무런 제약도 없었다. 나는 가까이 가고 싶어서 사람들을 헤집고 그쪽으로 나아갔지만 다리가 풀려 자꾸만 이상한 방향으로 쏠려갔다. 그러나 어떤 방향에서 봐도 그것은 계속 뒤돌아서 있었다. 나는 돌아돌아 멀리서 버드와 희재를 마주 볼 수 있는 곳까지 왔지만 그것은 여전히 내게서 뒤돌아서 있었다. 잠시 눈을 비비는 사이 누군가 내 팔을 잡아 끌었다. 고개를 돌리니 얼굴에 문신을 한 남자가 나를 보고 미소 짓고 있었다. 나는 다시 뒤를 돌아봤다. 그것은 어디에도 없었다.

나는 클럽을 더 빙빙 돌며 그것을 찾아봤지만 찾을 수가 없었다. 나는 희재에게 돌아가 귀에다 대고 귀신을 봤다고 소리쳤다. 희재는 소리를 지르며 내 어깨를 잡고 춤을 췄다. 나는 희재의 손을 뿌리쳤다. 누군가에게는 말하고 싶었다. 클럽에서 귀신을 봤다고 큐에게 말하려고 핸드폰을 뒤졌다. 아무리 찾아도 그의 번호가 나오지 않아 나는 얼굴에 흐르는 땀을 훔치며 밖으로 나가 몇 번 더 전화번호부를 훑어보고 핸드폰 통화기록을 뒤져보다가 그와 통화하지 않은 지 오래라는 기억이 났다.

나는 계속 흘러내리는 땀을 닦으며 다시 지하로 돌아와 데킬라를 들고 있는 여자의 손을 잡고 한 잔만 달라고 부탁했다.

여자는 내 얼굴을 보고 놀라더니 잔을 건네줬다.

나는 버드와 희재를 잃고 구석에서 혼자 춤을 추고 있었다. 그런 나를 버드가 발견해 팔을 잡아끌었다. 중간중간 기억이 나는 건, 나는 핸드폰을 꼭 쥐고 절대 놓지 않았고, 지하철역으로 가면서 한 번 핸드폰을 떨어뜨렸으나 잊지 않고 곧바로 주웠으며, 수많은 역을 지나치면서 정신을 잃었고, 종착지에서 버드가 나를 깨웠으며, 밖으로 나가 동이 트는 걸 봤다는 거였다.

정신을 차리자 나는 내 방 침대에 누워있었다. 겨드랑이와 오금에 땀이 잔뜩 맺힌 채로 잠에서 깼다. 창으로 들어온 노을빛에 방 안이 온통 붉게 달아올라 있었고 어깨를 들어 올려 창밖을 보려 하자 귀 뒤에 맺혀 있던 땀이 목덜미로 주르륵 흘러내렸다.

태양이 이글거리며 붉은빛을 뿜고 있었다.

Eternal summer

한란

Eternal summer

＊

반나절을 자고 일어나자 배가 고팠다. 나는 배달어플을 켜 뭘 먹을지 고민하다가 장바구니에 김치찜에 공깃밥을 하나 더 추가하고 사이다를 담았다. 자주 시켜먹던 곳이었는데 배달 팁 이 그새 이천 원이나 올라 있었다. 나는 고민하다가 공깃밥과 사이다를 장바구니에서 뺐다.

김치찜은 내가 가장 좋아하는 음식이었는데 혼자 먹기엔 너 무 많다는 생각이 들었다. 냄비에 덜어두고 며칠 끼니로 해결하 기에도 좋았지만 문득 큐가 끓여줬던 김치찜이 생각났다. 입맛 이 사라졌다. 문자와 부재중전화를 확인했다. 버드와 희재에게 서 온 연락이 없었다. '이따 볼까' 버드에게 문자를 보냈다. 조금 뒤에 답이 왔다. '봐서? 지금 알바 가는 중'.

나는 배달어플을 끄고 티비를 켰다. 티비를 켜자 작은 원룸 안이 금세 소란스러워졌다. 커다란 화면에서 나오는 열기가 상 당했기 때문에 방 안이 후텁지근해졌다. 에어컨 세기를 강으로 높였다. 월초에 어마어마한 전기세를 내야 할 거라는 예감이 들었지만 그 정도는 감수해야 했다.

그다지 챙겨보는 편이 아니었는데도 작은 원룸 안에 소란스럽게 켜 둘 티비가 있다는 건 꽤나 위안이 됐다. 큐와 나는 티비 소리를 배경음처럼 사용했다. 마땅히 볼 게 없을 때 적당히 소란스러운 채널에 맞춰두면 나중엔 장례광고나 암보험광고 등이 줄줄이 나왔는데, 큐는 그 소리를 들으며 잘만 잤다.

우리는 하루 종일 침대에 누워 뒹굴거리며 시간을 보냈다. 매일 같이 좁고 낮은 천장을 봤고 일정한 시간마다 창으로 빛이 쏟아져 들어왔다가 다시 밖으로 빨려나가는 걸 함께 목격했다. 늘 비슷한 저녁을 보냈지만 지루하지 않았다. 우리는 방안에서 햇빛과 물을 받아먹는 식물처럼 자연스럽게 서로에게 줄기를 뻗쳤다.

큐는 드라마를 처음부터 끝까지 연달아 보는 걸 좋아해서 하루 종일 침대에 누워 티비를 볼 때가 많았다. 나는 마지막까지 챙겨본 드라마가 거의 없을 정도로 뭔가를 챙겨보는 걸 그다지 좋아하지 않았다. 아무리 재미있더라도 이야기의 마지막 부분이 궁금했던 적은 딱히 없었다. 어떤 드라마가 마지막이 애매하게 끝나 다음 화에서야 '사건의 진범'이 밝혀진다 해도 난 그 다음 장면을 궁금해 하지 않았다.

큐는 그건 자기도 마찬가지라고 했다.

그럼 드라마는 왜 그렇게 보는데?

내가 물었다.

시간을 보내야 하니까.

그렇게 말하는 큐에게 서운해져서 나는 밖에 나가 잠깐 울었다.

드라마에는 항상 아름답고 부유한 인간들만 나와 사치스럽고 숭고한 사랑을 했다. 그 때문에 작은 원룸 안에서 벌어지는 나와 큐의 사랑이 한없이 소박해 보이기까지 했다. 하루 종일 그렇게 멋진 장면만 보고 있노라면 사랑은 젊고 아름다운 이들의 전유물인 것처럼 느껴졌다. 아름다운 사랑은 아름다운 이들에게만 허용되고 천박한 이들에겐 사랑보단 궁상이란 말이 더 잘 어울렸다.

그리고 대개 이 나라에서 아름답거나 풍족하지 않은 것들은 대부분 천박함으로 여겨졌다.

내가 정말 하고 싶은 것은 그런 거였다.

부자 같은 사랑.

그들에겐 신경 쓸 만한 삶의 궁핍함도, 형편없는 외모에서 오는 혐오감도, 나의 비참한 처지와 닮은 단칸방에서 오는 비루함도, 배달음식에서 단 몇천 원 차이로 먹고 싶은 것을 한두 개씩 덜어 내야하는 수고스러움도 없이 단지 사랑에만 몰두할 수 있는 풍족함이 있었다. 그런 풍족함이 내겐 필요했다.

나는 티비 소리를 들으며 몇 시간이고 제자리에 누워있었다. 큐에 대해 그만 생각해야 해. 버드와 희재는 언제나 내게 말했다. 큐에 대해 그만 생각해야 해. 의식적으로라도 떠올리지 마. 그렇게 다정했던 사람을 떠올리지 않고 미워하지 않을 수 있는 방법이 있나? 희재도 분명 외국으로 떠난 그를 떠올리고 있을 텐데.

우리는 의식적으로 의연한 척을 하고 있었다. 온 힘을 다해 아무렇지 않게 잊은 척하고 표면적으로 물리치면 이 기분이 다 사라질까. 내 마음은 계속 큐를 떠올리는데 모두가 그걸 별로라고 말한다. 쿨하지 못한 거. 내가 진 거. 구질구질한 거. 구질구질한 건 우리에게 나쁜 거니까.

나는 창문을 열고 밖을 내다봤다. 후줄근한 차림의 학생들이 촬영 장비들을 수레에 실어 나르고 있었다. 또 이 근처에서 촬영을 하려는 모양이었다. 늘 비슷한 장소에서 촬영하는 게 지겨울 만도 한데 그들은 항상 이 좁고 지저분한 대학가를 배경으로 삼았다. 학교에서 대여해온 장비들을 들고 멀리 갈 수도 없는 처지를 생각하면 이해 못 할 것도 아니었다. 그러나 촬영을 명목으로 민폐를 일삼는 무리가 많아 누군가 촬영 장비를 실어 나르는 광경을 보면 대학가에 사는 사람들은 눈살을 찌푸리곤 했다.

오늘 밤도 여름은 뜨겁고 진득한 숨을 토해내고 있었다. 그들은 더위 속에서 땀을 흘리며 무거운 촬영 장비를 날랐다. 그들은 뜨거운 대낮에도 조건만 갖춰져 있으면 언제든 촬영을 했다. 등하굣길에서 까만 옷을 입은 무리들이 모자를 푹 눌러쓰고 달궈질 대로 달궈진 운동장 지면에서 몇 시간이고 촬영하는 모습을 자주 볼 수 있었다.

그들이 그렇게 열심히 촬영해서 무엇을 남기는지는 알 수 없었다. 그들의 작고 소박한 상영회는 초대받은 이들만 입장할 수 있었으니까. 정체모를 장면을 찍어내는 그 행위들은 노동이라 하기엔 비생산적이었고 예술이라 하기엔 지나치게 고단해 보였다.

아무렇지 않게 열기를 이겨내는 그들이 존경스럽기도 했다. 나는 햇볕이 내리쬐는 길 한 가운데 잠깐이라도 서있으면 질식할 것 같았다. 해가 저물면 클럽을 다니며 여름밤을 보내는 게 내가 할 수 있는 최선이었다. 내가 즐길 수 있는 열기는 여기까지가 한계일 테니까. 여름은 점점 더 뜨거워지고 있었다. 사람들은 너무 근시안 적이다. 나름대로 미래를 생각하는 이들은 자조적으로,

"미래엔 봄도 가을도 없겠지? 우린 가장 아름다웠던 봄이라는 계절을 잊게 될 거야."

라고 말하지만 그때에 남은 건 여름뿐일 것이다.

나는 30년 뒤 모든 게 불타버린 지구를 떠올렸다. 그땐 가보고 싶었던 외국도, 내 나라를 뒤덮고 있는 바다의 경계도 사라지고 모든 게 불타 있을 것이다. 우리는 여름이 온 사방에 불을 쏘아대며 모든 걸 집어삼키는 광경을 넋 놓고 봐라봐야 할 것이다.

어차피 세상엔 여름밖에 안 남을 텐데 굳이 이 여름날을 기록하려 하는 저들이 미련해 보이기까지 했다.

저녁이 되니 밖이 시끄러워졌다. 작고 초라한 상권이었지만 그래도 나름 대학가이긴 한지라 밤이 되면 주위가 시끄러워졌다. 나는 예술대학을 다니는 녀석들에게 끔찍하게 질려있었기 때문에 그들의 목소리를 듣기만 해도 짜증이 났다. 나는 창문을 열고 밖에 대고 크게 소리쳤다.

"시끄러워, 입 좀 닥쳐!"

잠시 밖에서 웅성거리는 소리가 멈췄다. 그들은 어리둥절한 표정으로 주변을 둘러보다가 먼 곳으로 소리를 질러댔다. 목청이 큰 걸 보니 연기과 녀석들이 틀림없었다. 예대에서 내가 가장 싫어하는 녀석들이었다.

창문과 커튼을 닫았다. 잠시 기분이 좋아져서 나는 노래를 흥얼거렸다. 이 학교를 몇 년간 다니면서 박힌 생각이 있는데, 하나는 세상에서 예술대학을 다니는 녀석들만큼 한심한 인간은 없다는 거고, 또 하나는 술을 좋아하는 녀석일수록 자기 모습에 환상을 가진 나르시즘 환자일 확률이 높다는 거였다.

특히 연기과와 문예창작과에 다니는 학생이라면 대부분 그런 나르시즘을 가지고 있었다. 그들은 어찌 보면 외향성과 내향성이 극에 달해 정반대의 부류로 보였지만 내가 보기엔 둘 다 똑같았다.

연기과에 다니는 녀석들은 입학하자마자 단지 이 학교에 들어온 것뿐인데도 벌써부터 배우가 된 것 마냥 거만하게 굴었으며, 자기들끼리의 단합력을 자랑하며 캠퍼스를 돌아다닐 땐 합창하듯 목소리를 모아 매시간 소리를 질러댔다. 그들은 여기저기에 자신들의 흔적을 흘리고 다니는 걸 좋아했다. 그리고 누구보다 교수와 선배들을 존경해 상급자들이 부르기만 하면 새벽에 맨발로라도 운동장으로 뛰어나가는 부류들이었다.

반면에 어딜 가든 쥐죽은 듯 돌아다니는 문창과 학생들은 매일 지저분한 상념이 묻은 지지부진한 문장으로 가득한 끔찍하게 재미없는 작품들을 매 학기마다 써냈는데, 게으르기는 예술대에서 가장 게으른지라 소설 한 편, 시 한 편을 내는데도 매번 우는 소리를 해댔다. 정체불명의 영상을 찍어대는 영화과 학생들도 낮이건 밤이건 열심히 뭔가를 찍어대고 학교 휴게실에서 쪽잠을 잤는데, 문창과 학생들은 방안에 누워 본인이 마음만 먹으면 더 대단한 작품을 만들어 낼 수 있다고 믿었다.

교수님 저는 작품을 완벽하게 써서 내기가 힘이 듭니다. 그러니까 제발 제출 기한을 늘려주세요.

그래서 뻔뻔하게도 늘 이런 메일을 무더기로 보내 교수들을 괴롭게 했다. 그렇게 신세를 지면서도 강단 앞에 서있는 교수가 말 한마디라도 실수하지 않을까 싶어 음성녹음을 켠 핸드폰을 책상에 올려놓고 수업을 듣는 녀석들이 바로 문창과 학생들이었다. 아무리 명망 있는 교수라 하더라도 그들 앞에선 조심스러워질 수밖에 없었다.

그런데도 연기과와 문창과 학생들은 매우 닮아있었다. 그런 짓을 하고 돌아다니는 자기 자신을 자랑스러워 한다는 점에서.

어차피 난 졸업을 앞두고 있던 시점이라 길을 가다 고함을 지르고 있는 연기과를 마주치면 손가락으로 엿을 날렸고 문창과 전공 시간에는 문창과 학생들의 행동을 하나하나 욕하는 소설을 써서 가져갔다. 난 특히나 문창과 학생들을 더 싫어했는데 그건 내가 문창과였기 때문이다.

밖은 여전히 소란스러웠다. 나는 한 번 더 소리를 지를까 하다가 티비 소리를 더 크게 키웠다. 오늘은 토요일이었고 버드나 희재에게 지금 연락한다면 오늘 밤도 클럽에서 재밌게 놀 수 있을 것 같다는 생각이 들었다. 어차피 버드는 홍대에 있는 바에서 알바를 했기 때문에 일이 끝나면 얼마든지 만날 수 있었다. 나는 아직 답이 없는 희재에게 전화를 하려다 이따 보자는 문자를 보냈다. 그러자 바로 모르는 번호로 전화가 걸려왔다.

"여보세요?"

전화를 받아 보니 모르는 목소리가 들려왔다.

"여보세요? 들리나?"

내가 아무 말이 없자 낯선 목소리가 혼자 중얼거리기 시작했다. 잘못 걸려온 전화가 틀림없었다.

"여보세요? 여보세요?"

"누구세요?"

나는 전화를 잘못 걸었다고 말하려고 대답했다. 그러자 낯선 목소리는 신이 나서 큰 소리를 질렀다.

"야! 나 기억 안나?"

"네?"

"벌써 목소리 까먹었어? 우리 어제 같이 놀았잖아."

"어제?"

"클럽에서 봤잖아! 너 도중에 어디 갔어?"

나는 잠시 어안이 벙벙해져서 말이 나오지 않았다. 그의 목소리가 남자인지 여자인지도 잘 구분이 가지 않았다. 여자라고 하기엔 허스키하고 거칠었으며 남자라고 하기엔 톤이 높았다. 그러나 지니와 피아의 목소리 같지는 않았다. 그렇다고 술자리에 같이 있던 남자애들의 목소리 같지도 않은데, 아닌가? 지니와 피아의 목소리가 원래 이랬던가? 그런데 내가 그 애들에게 내 번호를 알려줬었던가?

"야, 야!"

"어?"

"너, 어디 갔었어?"

그 술자리에 있었던 그들 중 하나가 내가 도중에 사라졌던 걸 추궁하려고 전화한 모양이었다. 그런데 내가 그들에게 내 번호를 알려줬었나? 그때는 별로 술에 취하지도 않았었다.

"친구가 데려가던데, 집에는 잘 갔어?"

"미안, 끊을게."

"궁금해서 전화했어."

"…"

"나 뭐 하나만 물어봐도 돼?"

"끊을게."

"너 귀신 보지?"

나는 전화를 끊었다. 상대방이 무슨 말을 한지 미처 알아듣기도 전에 통화종료 버튼을 누른 터라 어안이 벙벙했다. 전화는 다시 걸려오지 않았다.

침대에 누워 몇 시간을 보내니 희재에게 답장이 왔다. 나는 나갈 준비를 했다. 배가 정말 고팠지만 딱히 라면은 먹고 싶지 않았고 바에 가서 술을 마시려면 돈을 써야했기 때문에 밥값은 절약하기로 했다. 따지고 보면 클럽은 정말 돈 없이 놀기 좋은 곳이었다. 물을 탄 것 같은 데킬라도 삼천 원이면 마실 수 있었고 그 몇 천 원짜리 취기로 밤새 놀아도 누구도 내게 자릿세를 뜯어가지 않았다.

그렇기에 가난한 학생에게 클럽만큼 가장 절약적인 놀이터도 없었다. 이 놀이터로 처음 나를 끌어들인 건 버드였고, 그런 버드를 끌어들인 건 희재였다. 진작 이 놀이터가 가장 값싸고 재미난 곳인 걸 알았더라면 서울에 오자마자 이곳을 찾았을 텐데, 늦게나마 내가 버드를 만난 건 행운이었다.

버드에게는 알바가 끝나고 희재가 일하는 바에 찾아오라는 연락을 남겼다. 버드는 못갈 수도 있다는 애매모호한 답을 했지만 난 그가 당연히 올 거라고 생각했다. 집밖을 나서려는데 온

갓 신발과 우산과 쓰레기봉투로 뒤엉켜 있는 신발장에 가로막혀 시간을 지체했다. 어제 취한 상태로 어떻게 이 신발장을 넘어지지 않고 넘어섰는지가 의문이었다.

나는 집 안은 깨끗하게 정리하는데 비해 신발장은 전혀 신경 쓰지 않았다. 마치 다른 사람이 관리하는 공간인 것처럼 신발장만큼은 무법지대 수준으로 지저분했다. 큐는 늘 이 신발장을 가지고 잔소리를 해댔다. 그가 없으니 더 이상 신발장을 신경 쓸 필요가 없다. 큐에 대한 생각을 그만하는 게 좋겠다. 오늘 밤은 또 어떤 머저리들을 만나게 될까. 나는 가장 편한 운동화를 구겨 신고 배가 고픈 상태로 후텁지근한 여름 밤거리를 나섰다.

희재가 일하는 하종진 바 로프터스홀은 늘 사람이 많았다. 춤을 출 수 있는 플로어가 있었기 때문에 많은 이들이 잔을 들고서 플로어 구석에서 어색하게 춤을 췄다.

댄서들이 놀러와 그곳에서 춤을 출 때도 있었다. 그들은 흥분하면 입구까지 막고서 춤을 추기도 했다. 나는 그런 광경이 재밌어서 가끔 그들과 어울려 놀았다. 아침까지 즐겁게 놀다보면 그들은 꼭 내 손에 깍지를 끼고선 사랑한다고 고백했다.

밤거리는 언제나 사랑한다는 말을 남발하는 이들로 넘쳐났다. 누구건 상관없이 최면에라도 걸린 듯 모두가 중증 애정결핍 환자처럼 행동했다. 반쯤 풀린 눈으로 어둠 속에 있는 얼굴들을 하나하나 살펴보며 애정을 갈구하는 그들의 모습은 고기를 찾아다니는 좀비 같기도 했다.

그리고 해가 완전히 밝으면 모두 결벽증 환자마냥 몸에 묻은 술 냄새와 낯선 체취를 서둘러 털어내고 일상으로 돌아갔다.

매일 밤이 할로윈 같았다.

이제 막 사람이 모여들기 시작한 때라 로프터스홀은 그렇게 북적이지 않았다. 나는 바를 기웃거렸다. 바가 넓고 일하는 바텐더도 많았던지라 시야에 익숙한 얼굴을 담기가 쉽지 않았다. 아무리 찾아봐도 희재가 보이지 않아 나는 뻘쭘하게 바 구석에 앉았다. 로프터스홀에 혼자 온 적이 없었던 터라 처음 온 것처럼 이 공간이 어색했다.

술을 먼저 시켜야 하나 고민하고 있는데 누군가 내 어깨를 툭 건드렸다. 고개를 돌리자 낯선 얼굴이 보였다. 분홍색 렌즈를 낀 여자가 양손에 잔을 들고 나를 쳐다보고 있었다.

"혼자야?"

나는 고개를 끄덕였다. 여자는 웃음 지으며 내 옆에 앉았다.

"나도 혼자 왔는데, 같이 놀면 되겠다."

그리곤 여자는 내게 잔을 넘겼다.

"술 이름이 뭐예요?"

내가 묻자 여자는 내 어깨를 툭툭 쳤다.

"그냥 먹어."

우윳빛이 나는 게 그다지 독한 술이 아닐 거 같아 한 모금 마셨는데 예상대로 부드러운 맛이 났다. 내 옆에 앉자마자 거울을 보며 화장을 고치는 여자에게 조금 호감이 갔다. 여자는 파우치에서 보라색 립스틱을 꺼내 입술에 힘줘서 발랐다. 나는 술을 홀짝거리며 여자가 화장하는 모습을 구경했다. 여자는 내 얼굴을 슥 보더니 파우치에서 립스틱을 꺼내 내게 건넸다.

"넌 이거 바르면 예쁘겠다."

나는 뚜껑을 열어 립스틱 색을 확인했다. 어두운 조명 때문에 정확히 어떤 색인지는 알 수 없었지만 검붉은 색 같아 보였다. 나도 옆에 앉은 여자처럼 진하게 립스틱을 발랐다.

"어머, 예쁘다! 그거 가져."

여자가 건넨 립스틱은 적어도 칠만 원은 하는 제품이었다. 이 여자 벌써 취했나? 나는 다시 여자의 파우치에 립스틱을 넣어줬다. 여자는 파우치를 가방에 넣고 잔을 한 번에 들이켰다, 잔에는 보라색 입술 자국이 진하게 남았다.

"몇 살이야?"

내가 물었다. 여자는 잠시 생각하다가 대답했다.

"스물넷... 아니다, 스물여섯."

"스물넷, 스물여섯 중에 뭐?"

"스물일곱으로 하자."

"알았어."

빈속에 술을 마셔서 그런지 벌써 취기가 오르는 것 같았다. 얼굴에 열이 오르는 게 느껴졌다. 나는 여자에게 말했다.

"나 물 하나만 사줘."

"술은?"

내가 고개를 젓자 여자는 바텐더에게 물을 시키면서 자기가 마실 술을 주문했다. 여자는 내 얼굴을 뚫어져라 쳐다보며 물었다.

"너는 왜 혼자 있어?"

"친구 만나러 왔어."

"그래? 나도 친구 사귀러 왔는데."

아무래도 말이 잘 통하지 않는 것 같았다.

"어디서 마시다 왔어?"

나는 가방에서 거울을 꺼내 빨개진 얼굴을 확인했다. 컨실러를 꺼내 얼굴에 덧발라 붉어진 부분들을 가렸다. 여자는 머리카락을 어깨 뒤로 쓸어 넘기며 자기의 뾰족한 어깨를 드러냈다. 그리곤 내 쪽으로 몸을 기울여 속삭였다.

"나는 다리가 되게 예뻐."

나는 버드처럼 과장되게 웃으며 여자의 모든 게 너무 완벽하다고 칭찬했다. 희재가 대체 어디에 있는지 궁금했다. 일하느라 바쁜 건지, 담배를 피러 간 건지. 여자는 주문한 데킬라 선라이즈를 받아 반 모금 마시고 내게 물었다,

"한 입 마실래?"

데킬라 선라이즈는 오렌지주스 맛이 나서 나도 즐겨 먹던 술이었다. 나는 잔을 받아들어 한 모금 마셨다. 오렌지주스의 단맛이 느껴졌다가 데킬라의 뜨거운 기운이 순식간에 올라와 얼굴이 곧바로 빨갛게 달아오르는 게 느껴졌다. 여자는 씨익 웃더니 데킬라 선라이즈를 한 잔 더 주문했다.

"언니, 언제 왔어요?"

희재가 나를 찾았을 때 이미 나는 반쯤 취해있었다. 조금 전까지만 해도 분홍색 렌즈를 낀 여자가 사준 술을 계속 얻어먹으며 얘기를 나누고 있었는데 희재가 내 어깨를 흔들어서 주변을 둘러보니 내 옆자리엔 아무도 없었다. 여자는 자리에 파우치 하나만 남겨놓고 사라져있었다. 여자는 로프터스홀 어디에선가 춤을 추고 있을 것 같았다.

"무슨 술을 벌써 이렇게 많이 마셨어요?"

나는 그냥 고개를 저어대며 웃었다. 희재는 내 어깨를 툭툭

치곤 바로 들어가며 말했다.

"술 더 마실 수 있죠?"

난 고개를 끄덕였다. 희재도 고개를 끄덕이며 인상을 찌푸리다가 나에게 물을 건네줬다.

희재는 잔을 꺼내 초콜릿 시럽을 뿌리고 칵테일 셰이커에 술과 얼음을 담아 흔들었다. 나는 술과 얼음이 흔들리는 소리를 좋아했다. 나는 희재가 셔츠소매를 걷어 올리고 얇은 손목으로 셰이커를 흔드는 모습을 멍하니 쳐다봤다. 희재는 셰이커를 열어 잔에 술을 따르고 그 위에 초콜릿 시럽을 뿌려 내게 잔을 건넸다.

"초콜릿 마티니. 좀 가라로 만든 거지만 공짜로 대접하는 거니까 괜찮죠?"

희재는 그렇게 말했지만 난 그가 초콜릿 시럽 위에 우유를 넣고 소주를 섞었어도 그게 제대로 만든 건지 아닌지 몰랐을 것이다. 차갑고 달달한 술이었다. 나는 금세 그 맛에 취해 한 잔을 비웠다. 희재는 간간히 나와 대화를 하려 했지만 토요일 밤이었던지라 바빠 보였다. 나는 혼자 술기운에 취해 바에 앉아 꾸벅꾸벅 졸았고 몇 번 낯선 이들이 내 옆에 앉았지만 파우치를 두고 간 여자가 다시 돌아올까 싶어 그들을 쫓아냈다.

물 한통을 다 마시고 나자 취기가 조금 물러나는 것 같았다.

희재가 내 옆자리를 손가락질 했다. 옆옆 자리에 얼굴이 완전히 빨갛게 달아오른 외국인이 앉아있었다. 삐쩍 마르고 키가 큰 외국인이었다. 넓은 이마 때문에 나이를 짐작하기 어려웠다. 그는 잔뜩 취해서 부산스럽게 손을 움직이며 바텐더를 부르고 있었다. 바텐더가 그에게 다가가자 그는 은밀하게 뭔가를 속삭였다. 바텐더는 어깨를 으쓱하며 고개를 저었지만 외국인은 계속 뭔가를 요구했다. 나는 웃겨 죽겠다는 듯 배를 잡고 웃는 희재를 보고 그제서야 외국인이 이곳에 없는 걸 요구하고 있다는 걸 깨달았다.

그는 자기네 나라에서 하듯이 술에 취하면 '그것'을 찾는 버릇이 나왔던 것이다. 그는 계속 바텐더에게 자기가 원하는 걸 달라고 졸라댔는데, 그렇다고 돈을 꺼내지도 않았다. 희재는 내게 재밌는 걸 보여준다고 하면서 구석에서 초록잎 몇 개를 꺼내 내 코에 갖다 댔다. 민트였다. 희재는 외국인에게 등을 돌리고 민트를 양손으로 팡팡 두들긴 다음 잘게 부쉈다, 그리고 잘게 부순 민트를 흰 종이 위에 올렸다. 희재는 외국인에게 비밀스러운 물건을 전달하기라도 하듯이 조심스레 물건을 건넸다. 외국인이 민트의 정체를 물었고 희재는 이렇게 답했다.

"헤븐."

물건을 받아든 외국인은 기뻐하며 곧바로 민트에 코를 박고 냄새를 맡았다. 그리곤 민트를 입에 넣고 씹다가 보드카를 한 모금 마신 뒤 동공이 풀린 눈으로 이렇게 외쳤다.

"굿! 굿!"

조금 뒤에 남자 몇 명이 와서 외국인과 어울렸고, 외국인은 그 민트를 그들에게 건네주는 대신 술 한 잔을 선물로 받았다. 남자들은 종이에 코를 박고 냄새를 맡다가 "이거 민트 아냐?"라고 중얼거렸다.

언제까지 물품보관소처럼 자리를 지키고 있을 수는 없었다. 나는 플로어에서 가장 요란하게 춤을 추고 있는 무리들 사이로 끼어 들어갔다. 그중에 춤을 잘 추는 사람은 아무도 없었지만 모두 밝은 인상의 사람들이라 호감이 갔다. 나는 그들과 함께 춤을 췄다. 아무도 나를 쫓아내지 않았다. 낯선 이들과 함께하는 여름밤 댄스는 언제나 즐거웠다. 이곳에선 그 누구도 폐쇄적이지 않았다.

그때 나와 춤을 추고 있던 누군가가 내 손을 잡았고 나는 재빨리 뿌리쳤다. 뒤를 돌아보니 낯선 눈동자가 나를 주시하고 있었다. 나는 그의 가슴팍을 밀쳤다. 그는 순순히 다시 사람들 속으로 섞여 들어갔다. 모두가 즐거운 마음으로 춤을 추는 건 아니었다. 어두운 조명에 뒤섞인 얼굴들을 하나하나 살펴보면 그들은 모두 반쯤 풀린 눈을 하고 있었고 생기가 없었다. 대부

분 주변을 물색하며 애정을 갈구할 만한 상대를 찾고 있는 듯
했다. 그들을 보자 이런 생각이 들었다. 나 지금 즐거운 건가?

큐가 보고 싶었다.

큐는 뭘 하고 있을까.

큐는 지금쯤 누구와 있을까...

큐를 생각하니 속이 울렁거렸다.

화장실이 있는 복도로 나가려는데 조금 전 나와 대화를 나눈
분홍색 렌즈를 낀 여자가 복도로 나가는 게 보였다. 나는 여자
를 따라갔다. 복도에는 남자들 몇 명이 술병을 들고 서서 지나
가는 여자들을 쳐다보고 있었다. 나는 복도 끝에 있는 화장실에
들어갔다. 바닥엔 물에 젖은 휴지 조각과 빨대 몇 개가 널브러
져 있었다. 물기가 가득해 발을 뗄 때마다 철벅거리는 소리가
났다. 화장실에는 아무도 없었고 칸 하나가 닫혀있었다. 나는
그 앞에 서서 기다렸으나 칸 안에서는 한참동안 아무런 소리도
나지 않았다.

화장실에 들어온 김에 세면대에 손을 씻고 밖으로 나가려는
데 칸 안에서 노랫소리가 들려왔다.

술에 취해 흥얼거리는 허밍처럼 들리기도 했다. 화장실 문을
열고 누군가가 들어오자 노랫소리가 멈췄다. 나는 칸 앞으로
가 손으로 문을 두드렸다. 그러자 문이 안쪽으로 밀려들어갔고

칸 안쪽에는 아무도 없었다.

나는 화장실을 나와 복도를 서성이는 사람들 옆에 붙어 섰다. 그들은 내게 술병을 건넸다. 몇 번 얘기를 나누다 내가 술을 마시지 않자 그들은 다시 술을 돌려줄 거냐고 물었다. 나는 그들을 무시하고 플로어로 돌아가려다 비상구계단 쪽 문이 열려 있는 걸 봤다. 묘한 기분에 그곳을 바라보자 안쪽에서 고양이 울음소리가 들려왔다.

나는 비상구계단을 따라 올라갔다. 계단 구석에서 누군가가 큭큭대며 웃고 있었다. 조금 전에 함께 있었던 분홍색 렌즈를 낀 여자였다.

"여기서 뭐해?"

여자는 나를 쳐다보면서도 계속 웃기만 했다.

"왜 웃는 거야?"

"웃기잖아."

"뭐가 웃겨?"

"네가 날 따라왔잖아."

그때 술병이 요란한 소리를 내며 계단 밑으로 굴러갔다. 나도 모르게 들고 있던 술병을 떨어뜨린 것이었다. 여자는 웃으며 계단을 올라갔다. 나는 술로 흥건해진 계단을 내려가고 싶지 않아 여자를 따라 올라갔다.

여자는 붉은색 페인트가 칠해진 문을 열고 들어갔다. 따라 들어가니 어두운 방 안에 테이블 몇 개가 놓여있고 몇몇 사람이 테이블을 둘러싸고 앉아있는 게 보였다. 그들은 카드놀이를 하고 있었다. 딱히 돈을 걸고 하는 것 같아 보이진 않아 난 여자가 앉은 테이블에 따라 앉았다. 나는 가방에서 파우치를 꺼내 여자에게 건넸다. 여자는 마치 처음 보는 물건을 보듯이 파우치를 쳐다보기만 하고 받지 않았다. 무안함에 다시 파우치를 가방에 넣자 여자는 내게 트럼프 카드를 건넸다.

자리에는 얼굴에 문신을 한 여자와 귀에 피어싱을 잔뜩 한 남자가 앉아 있었다. 그들은 자기들끼리 대화를 나누며 킬킬댔다. 그러나 자기들만 아는 은어를 사용해서 무슨 얘기를 하는 건지 도통 알아들을 수 없었다. 여자는 내 맞은편에 앉아 나와 눈을 마주쳤다. 어두운 조명아래서 분홍색 렌즈를 낀 여자의 눈동자가 붉게 보여 섬뜩했다.

나는 어떻게 게임을 하냐고 물었다. 분홍색 렌즈를 낀 여자는 아직 사람이 다 오지 않았다고 답했다.

나는 기다리다가 그들에게 이름을 물었다. 얼굴에 문신을 한 여자가 대답했다.

"앤"

피어싱을 한 남자는 대답하지 않았다.

"…."

분홍색 렌즈를 낀 여자가 대답했다.

"아보림."

그들은 말없이 내게로 시선을 돌렸다. 앤이 물었다.

"넌?"

나는 잠시 생각하다가 입을 열었다.

"한란."

조금 뒤에 키가 큰 외국인이 와서 아보림 옆에 앉았다. 그는 패션모델처럼 비쩍 말랐는데, 자세히 보니 혼혈 느낌이 났다. 내가 뚫어지게 쳐다보자 그는 잠시 나를 바라보다가 카드로 눈길을 돌렸다.

"이름이 뭐야?"

그는 대답하지 않았다. 외국인이라 못 알아듣는 걸까. 그는 아름다웠고, 코가 길고 예쁘게 뻗어 있었지만 수술한 티가 났다. 그가 오자 앤이 게임의 룰을 설명하기 시작했다. 난생 처음 듣는 카드게임 룰이었기 때문에 의아했지만 그다지 복잡하진 않았다. 나는 외국인이 이 말을 알아들었을까 싶어 테이블을 두드려 그를 불렀다. 그가 곁눈질로 나를 쳐다봤다. 나는 더듬거리며 그에게 영어로 조금 전 들은 게임 룰을 설명했다. 그러자 그는 인상을 찌푸리며 말했다.

"뭐래, 시발. 못 알아듣겠어, 한국말로 해."

그의 정확한 발음에 나는 얼굴이 빨개졌다. 그의 목소리는 여자라고 하기엔 너무 낮았고, 남자라고 하기엔 어색했다. 난 고개를 숙이고 카드에 집중하는 척 했다.

게임이 시작됐다.

우리는 돌아가면서 카드를 냈다. 서로의 카드를 비교하고, 섞고, 되돌리고, 버리고... 특별히 어려운 게임도 아니어서 금방 이해했지만 금방 지루해졌다. 게임을 하는 내내 앤과 피어싱을 한 남자가 대화를 나눴는데, 이해가 안가는 말 뿐이었다.

나는 키 큰 외국인의 얼굴을 힐긋힐긋 쳐다봤다. 가끔씩 아보림과 눈을 마주치기도 했지만 그의 붉은 눈이 무서워 나는 바로 카드로 시선을 돌렸다. 그럴 때마다 아보림은 킥킥 웃어댔다.

"왜 자꾸 쳐다봐?"

키 큰 외국인이 내게 물었다. 그 외에는 별다른 말이 오가지 않았다. 나는 슬슬 따분해지기 시작했다.

누군가가 다리를 떠는지 계속 구두굽이 바닥에 부딪치는 소리가 났다. 나는 손으로 한쪽 얼굴을 괴고 다른 한 손으로 카드를 만지작거리다 바닥으로 카드를 떨어뜨렸다.

나는 한숨 쉬며 몸을 숙였다. 그때 테이블 밑으로 이상한 게 보였다. 분명 아보림이 앉아있어야 할 자리에 사람의 다리가 아닌 털이 빽빽하게 난 짐승의 다리가 있었던 것이다. 검은 털로 뒤덮인 다리는 어둠 속에서 윤기가 흘렀고 반복적으로 경련하듯이 다리를 떨었다. 조금 전부터 나던 구두굽 소리는 말발굽이 바닥에 부딪치며 나는 소리였다.

나는 자리에서 벌떡 일어났다. 아보림의 붉은 눈동자가 보였다.

술을 너무 많이 마신건가. 나는 자리에 앉아 방금 주운 카드를 테이블에 쏟아버렸다. 기권으로 받아들였는지 아무도 나를 신경 쓰지 않았다. 아보림만 빼고는. 그는 나를 빤히 바라보다 어깨를 들썩이며 웃기 시작했다.

핸드폰이 울렸다. 버드에게서 온 전화였다. 나는 의자를 밀고 뒷걸음질 쳤다.

"좀 덥지?"

아보림이 말했다. 그의 입에서 길고 얇은 혀가 튀어나온 듯한 착각이 일었다. 아보림이 시끄럽게 웃어 대는데도 아무도 그를 신경 쓰지 않았다. 그의 웃음소리는 쇠를 긁는 것 같은 소리로 바뀌었고 갑자기 사방이 뜨거워져 온 몸에서 땀이 흐르기 시작했다. 테이블과 바닥이 열기로 일렁였다. 그때 아보림의 주위로 커다란 불기둥이 솟더니 그는 웃음소리와 함께 순식간에 자리에서 사라졌다. 나는 그대로 자리에서 넘어졌다.

정신을 차리고 바닥을 짚고 일어서서 주변을 보니 비상구 계단이었다. 너무 취한 걸까. 비틀거리며 난간을 잡고 계단을 내려가는데 바닥이 물로 흥건해 하마터면 미끄러질 뻔했다. 내가 조금 전 떨어뜨린 술병이 비상구 입구에 굴러다니고 있었다.

내가 앉아있었던 자리에 익숙한 얼굴이 앉아 있었다.

버드였다.

"웬일로 잘생긴 애를 데려왔네?"

버드가 내 뒤를 가리키며 말했다. 내 뒤에는 조금 전에 이층에서 나와 같이 카드게임을 했던 키가 큰 외국인이 서있었다. 그는 나를 보고 말했다.

"시원하기만 한데."

그는 아무렇지 않게 나를 지나쳐 바에 기대서서 버드와 인사를 나눴다. 그는 핑크레이디를 주문했다. 희재가 그의 주문을 받았다. 버드가 밝은 목소리로 그에게 영어로 말을 걸었다.

"그냥 한국말로 해."

그가 짜증을 내며 대꾸했고 버드가 놀라서 물었다.

"너 한국말을 왜 그렇게 잘해?"

"시발, 한국인들은 한국말을 잘 하면 더 싫어하는 거 같아.

존나 이상해, 너네."

버드와 희재가 배를 잡고 웃어댔다. 도대체 내가 어디까지 취한건지 감이 잡히지 않았다. 내가 자리에 가만히 서있자 희재가 내게 손짓했다. 내게 뭔가 말하고 싶어 하는 것 같았다. 내가 가까이가 귀를 갖다 대자 희재가 속삭였다.

"어디서 데려왔어요?"

나는 그의 어깨를 붙잡고 물었다.

"너 뭐야?"

"뭐가?"

"날 따라왔어?"

"네가 방금 내 번호 땄잖아."

그는 내 핸드폰을 가리키며 말했다. 나는 핸드폰 통화목록을 확인했다. 모르는 이름과 전화번호가 화면에 찍혀있었다.

'키도'

"키도?"

"줄여서 키도."

키도가 이름을 말하자 음료를 만들던 희재가 웃음을 터뜨렸다. 그는 내 전화번호가 찍힌 핸드폰 화면을 보여주며 말했다. 화면에는 내 번호와 이름이 적혀있었다.

"근데 네 이름 발음하기 졸라 어려워."

그는 내 이름을 우스꽝스럽게 발음하며 희재가 건넨 핑크레이디를 받았다. 핑크레이디는 붉은 잔에 담겨 나왔다. 로프터스 홀에서 붉은 잔은 한 번도 본 적이 없었다. 버드는 키도의 이름이 웃기다며 배를 잡고 웃어댔다. 버드는 이미 조금 취한 것 같았다. 버드는 작은 칵테일 바에서 아르바이트를 해서 이미 술을 많이 마신 게 틀림없었다.

"키가 몇이야?"

"넌 몇이길래 그렇게 작냐?"

"너 진짜 잘생겼다. 모델이야?"

"어, 시발."

"왜 욕해?"

"내 맘인데?"

키도는 버드가 건네는 무례한 질문들을 모두 받아쳤다. 버드가 욕을 하면 키도도 욕을 했다. 버드가 그런 욕은 어디서 배워왔냐고 하면 키도는 '너 같은 친구들'이라고 맞받아쳤다. 그는 욕 하나만큼은 현지인처럼 발음했다.

버드와 키도. 〈킬빌〉에서 카우보이 모자를 쓰고 총으로 키도의 가슴에 소금돌을 박은 게 버드 아니던가? 허무하게 쓰러진 키도를 관에 가둬 땅에 묻은 것도 버드였다. 키도는 〈킬빌〉의 키도와 닮은 것 같기도 했다.

오늘따라 버드의 목소리가 정말 컸지만 사람들로 북적이는 토요일 밤 로프터스홀에선 아무도 그를 신경 쓰지 않았다. 버드는 그와 한참 대화를 나누다가 핸드폰 화면을 보고 곧바로 가게 밖으로 튀어나갔다. 남자친구에게서 전화가 온 모양이었다. 나는 버드가 앉았던 자리에 앉았다. 버드가 먹다만 술이 투명한 잔에 담겨있었다.

Eternal summer

키도

Eternal summer

＊

키도는 핸드폰으로 인스타그램만 들여다봤다. 모델이어서 그런지 키도의 계정은 팔로우 수가 많았다.

화가 난 남자들이 바 주위를 서성거렸다. 그들은 욕설을 내뱉으며 지나다니는 사람들의 얼굴을 확인하고 있었다. 희재가 말하길, 조금 전에 민트를 받아갔던 외국인이 남자들과 어울려 놀다가 그들이 여자들에게 말을 걸러 간 사이 돔 페리뇽을 들고 그대로 도망갔다는 것이다.

"저기 얼굴 새빨개진 녀석 보여요? 생일이라고 거하게 쏜다고 친구들 앞에서는 일시불로 긁더니 나중에 따로 와서 다시 3개월 할부로 계산해달라고 부탁하더라고요. 그렇게 산 돔 페리뇽인데 얼마나 속이 뒤집어지겠어요."

희재는 그들의 불운이 재밌다. 그들이 부주의해서 술을 도둑맞은 건 바텐더의 책임이 아니었기 때문이다. 희재는 번지르르하게 입고 로프터스홀을 찾아와서 술 앞에서 구차해지는 사람들의 모습을 지켜보는 걸 즐겼다. 친구들 앞에서는 자신만만하게 일시불로 계산하고 곧바로 3개월 할부로 바꾼 남자의 모습은 희재를 만족시키기에 충분했을 것이다. 입은 옷에 비하면 돔페리뇽이 그렇게 비싼 술도 아닐 텐데 그는 술병 하나에 쩔쩔매고 있었다.

"이런 거 보는 맛에 일하죠."

희재는 이렇게 말하며 올려 묶은 머리를 풀었다. 희재의 머리카락이라면 술잔에 들어가 있어도 상관없을 것 같다는 생각이 들었다. 버드는 한참동안이나 돌아오지 않았다. 남자친구에게 일이 끝나고 집에 돌아가고 있다고 거짓말을 하고 있는 게 분명했다.

키도는 나에게 말을 걸지 않았다. 희재는 왜 키도에게 말을 걸지 않냐고 물었다. 나도 모르겠다. 그가 나를 왜 따라온 건지도 알 수 없었다.

"날 왜 따라온 거야?"

난 키도의 핸드폰 화면을 손으로 가리며 물었다. 그제야 키도는 나를 봤다.

"술 사준다고 따라오라며. 이 술은 내가 계산했다?"

그는 빈 잔을 흔들며 말했다.

"돈 없어."

"뭐야, 시발."

"왜 욕해?"

"속은 기분이 들잖아."

"술 없어도 나랑 재밌게 놀면 되잖아."

물론 나는 이미 취해 있었다. 키도와 의미 없는 잡담을 하다가 바 주변을 장식하고 있는 초록색 장식들을 보고 이렇게 말할 정도였다.

"지금 크리스마스야?"

"아무리 시차가 커도 그건 아닐 걸."

"여기 온 지 얼마 안됐어?"

"몇 시간 있었지."

아니, 한국에 말이야. 그렇게 말하려는데 그처럼 한국말을 잘하는 외국인을 본 적이 없었기 때문에 멍청한 질문이라는 생각이 들었다. 아니, 애초에 키도는 스스로 외국인이라고 밝힌 적이 없다. 그러나 나와 버드와 희재는 확신할 수 있었다. 그가 이곳의 사람이 아니라는 걸. 그걸 달리 외국인이라는 말로 뭉뚱 그릴 수밖에 없었다. 우리의 인식은 거기까지 밖에 닿지 않았다. 나는 테이블에 고개를 박았다. 울렁거리는 속을 잠재우기 위해서였다. 키도가 물을 건넸다. 냉동고에서 꺼낸 것처럼 시원한 물이었다. 로프터스홀에는 이렇게 시원한 물이 없는데, 희재가 얼음에 담가둔 걸 꺼내주기라도 한 걸까? 물을 마시고 나자 정신이 좀 맑아지는 것 같았다. 내가 물었다.

"아보림은 어떻게 알아?"

"나 하종진 잘 몰라."

"가게 이름 같은 거 아냐."

"그래? 악마 같은 이름이라 매운 타코라도 파는 줄 알았어."

"여긴 자주 와?"

"잘 모른다니까."

"여기에서 제일 자주 가는 곳이 어디야?"

"쌀국수 가게지."

키도는 로프터스홀 맞은편 골목 쪽에 있는 쌀국수 가게가 맛있다고 설명해주며 자신의 인스타그램에 올린 쌀국수 사진을 보여줬다. 좋아요가 삼만 개 정도 찍혀 있었다. 그 쌀국수 가게는 체인점인데.

"클럽 가자."

"줄 길던데."

"옆에 있는 데는 재미없어. 다른데."

"거긴 재밌어?"

키도가 물었다. 키도는 한국 클럽에 몇 번이나 가봤을까 궁금해졌다. 몇 곳이나 들러봤을까. 키도가 온 나라는 어떤 곳일까.

그곳에선 다들 어떤 술을 마시고 어떤 노래에 춤추며 놀까? 그곳 사람들도 좋아하는 노래가 나올 땐 우리랑 별반 다르지 않게 소리를 지르며 자리에서 뛰어댈까?

내가 가봤던 곳은 서울 클럽과 버드와 놀러갔었던 홍콩 클럽이 전부였다. 그마저도 관광객이 많이 가는 클럽이라 한국인과 일본인 여자애들만 가득한 지독하게 재미없는 클럽이었다. 촌스러운 초록색 빔들이 번쩍거리고 정체모를 일렉 노래가 나오는 곳이었다.

그때 난 잠시 큐와 이별했을 때여서 홍콩을 여행하는 내내 큐에 대한 생각밖에 하지 않았다. 익숙한 패션으로 꾸민 여자애들이 가득한 타지 클럽에서 어색한 춤을 추면서 큐를 생각하는 나 자신이 얼마나 멍청하게 느껴졌는지, 그때는 스스로를 사랑하기 힘들었다.

지금도 처지는 별반 다르지 않지만 한 가지 확연히 다른 게 있었다. 이제는 큐가 다시는 내게로 돌아오지 않는다는 사실이었다. 큐가 내게로 돌아올 거란 기대를 해봤자 나만 더 비참해질 뿐이었다. 집에서 아이처럼 목 놓아 울어도 큐는 그 사실을 전혀 모를 것이고 나중에서야 내가 그렇게 눈물 흘렸다고 허심탄회하게 얘기를 늘어놓을 기회도 오지 않을 것이다. 더 이상은 큐를 볼 수 없다.

처음으로 그와 다투다 울었을 때, 큐는 내게 '쌍수한 거야?'라고 물었다. 내가 더 크게 우니 큐는 '앞트임도 한 거야?'라고 장난스레 되물었다. 그의 무심함에 화가 난 나는 큐를 놔두고 집을 뛰쳐나와 근처를 서성이다 새벽이 돼서야 집으로 돌아왔다.

신발장이 말끔하게 정리돼 있었다. 신발장에 쌓아놓은 쓰레기들도 없었다. 그는 티비도 틀어놓지 않고 작은 원룸 바닥에 앉아 나를 기다리고 있었다. 그리고 돌아온 나를 꼭 안아주며 말했다.

미안해.

나도 큐에게 미안하다고 할 걸 그랬다. 나는 혼자 오랫동안 밤거리를 서성거렸다는 사실에 화가 풀리지 않아 그의 옷에 새겨진 발렌시아가 로고에 시선을 고정한 채로 아무 말도 하지 않았다. 그는 나를 더 꼭 끌어안았다. 그런 상황에 하필 로고가 잔뜩 박힌 니트를 입은 큐가 더 미웠다. 그가 명품을 좋아하는 건 내게 아무런 문제도 되지 않았다. 그런데 하필 눈물 흘릴 때마다 그의 옷에 그려진 명품 로고가 신경 쓰였던 이유는 뭐였을까.

키도는 온 몸에 명품을 두르고 있었다. 살 엄두가 나지 않을 정도로 비싼 건 아니었다. 서울 길거리에서 흔히 볼 수 있는 명품들이었다. 다들 어디서 그런 돈이 나서 사는지는 몰라도 분명히 요즘 서울은 명품이 흔했다. 무엇이 명품인지도 모를만큼. 키도는 모델이기에 그런 비싼 옷들을 더 쉽게 구할 수 있었을지도 모른다.

모델 비슷한 일이라면 나도 몇 번 해봤지만 그쪽으로는 재능이 없어서 쉽게 그만둬버렸다. 나는 장난스레 건넨 '모델 해보지 그래?'라는 빈말에도 '내가 그런 걸 어떻게 해'라고 말하며 너스레를 떨었다. 한동안 주변에 내가 모델 일을 한다고 소문이 돌았는데, '그 정도는 아니지 않나?'라는 평가를 몇 번 전해 들었기 때문이었다.

"버드가 오면 가자."

내가 이렇게 말하자 희재는 내게 입모양으로 '그냥 둘이 가'라고 말했다. 나는 키도의 손을 잡고 자리에서 일어났다. 그의 손은 차갑고 건조했다. 키도는 버드가 먹다만 술을 입에 털어 넣고 나를 따라 로프터스홀을 나왔다.

조금 전까지 내게 심드렁해 했으면서 키도는 내 손을 뿌리치지 않았다. 그도 나처럼 이별한지 얼마 안 된 걸까? 그래서 전 애인에 대한 반발심으로 낯선 손을 잡고 어디론가 야행을 가는 걸까. 아니면 그냥 새로 사귄 친구의 손을 맞잡은 느낌으로 나를 따라오는 걸까.

나는 잡생각이 너무 많았다. 그게 문제였다. 그래서 발을 멈출 수 없었다. 정신없이 춤이라도 추고 소리라도 질러야 내가 돌아버린 건 너무 즐거워서 그런 거라고 둘러댈 수 있었다.

나는 키도의 손을 잡고 어제 갔던 클럽 입구에 멈춰 섰다. 키도는 지하에서 쿵쿵대며 올라오는 노래 소리를 듣고 고개를 저었다.

"시끄러운 건 싫은데."

"그럼 왜 따라왔어?"

"춤추고 싶어."

그가 내 팔을 잡고 왔던 길을 되돌아갔다. 사람이 많은데 비해 거리가 좁았기 때문에 길을 걸으면서 사람들과 종종 부딪쳤다. 더위 때문이었는지 여자들은 대부분 맨살을 있는 대로 드러내고 있어 내 살이 그들의 팔에 달라붙었다. 모두 땀 때문이었다. 평소 같았으면 여름 밤거리의 더위를 이기지 못하고 서둘러 어느 곳에라도 들어갔을 텐데 이상하게 키도의 손을 잡고 있는 순간만큼은 더위가 느껴지지 않았다. 그의 손은 바깥의 열기와는 아무런 상관이 없다는 듯 처음 잡았을 때처럼 차가웠다.

키도는 로프터스홀 앞 골목으로 나를 데려갔다. 골목으로 내려가자 그 많던 사람들이 보이지 않았다. 우리는 불 꺼진 가게 앞에 멈춰 섰다. 조금 전에 키도가 인스타로 보여줬던 쌀국수 가게였다.

"여기서 추자."

"뭘?"

"춤추자고."

가게 벽면은 통유리로 돼있어서 키도와 내 모습을 비춰볼 수 있었다. 파인애플 모양의 네온사인 하나가 가게 안을 희미하게 밝히고 있었다. 키도는 핸드폰으로 틀 노래를 고르고 있었다. 파인애플 네온사인이 키도의 한 쪽 얼굴을 희미하게 비췄고 나는 그의 얼굴을 뚫어져라 쳐다봤다.

큐보다 잘생기고 아름다운 사람과 시간을 보내면 뭔가 보상받은 기분을 받을 줄 알았는데. 키도의 얼굴을 바라보다가 큐가 보고 싶어져 눈물이 핑 돌았다. 키도는 노래를 고르다 말고 눈물을 글썽이고 있는 나를 보고 인상을 찌푸렸다.

"클럽이 그렇게 가고 싶었어?"

나는 고개를 저었다. 눈물이 뺨을 타고 흘렀지만 창피한 기분은 들지 않았다. 키도는 한동안 노래를 고르다가 결국 3년 전쯤 한국에서 유행했던 팝송을 틀었다.

"이런 노래 좋아하나?"

그는 머쓱한 듯 뒷목을 긁었다. 나도 모르게 웃음이 터져 나왔다. 키도의 손을 놓아서인지 더위가 몰려왔다. 여름밤의 열기가 다시 내 목덜미를 감싸 안고 몸 안의 땀을 쥐어짜내려 하고 있었다.

나는 키도의 팔을 붙잡았다. 키도도 내 팔을 붙잡았다. 그의 몸은 정말 차가웠다. 우리는 껴안은 채로 춤을 추기 시작했다. 그리고 쌀국수 가게 앞에서 뻔하고 지루한 노래에 맞춰 서로를 껴안고 제자리를 빙글빙글 돌았다.

습하고 더운 공기도 키도의 곁에 있으면 시원하게 느껴졌다. 그의 살에 닿는 순간부터 끔찍했던 더위는 작년의 일처럼 희미한 감각으로 느껴졌고, 서늘하고 산뜻한 낯선 감각이 맨살에 감겨 들어왔다.

그와는 언제까지고 춤을 출 수 있을 것 같았다. 전혀 모르는 노래가사를 따라 부르지 않아도 됐고 계속 바뀌는 박자에 억지로 몸을 맞출 필요도 없었다. 우리는 한 노래의 처음과 끝을 인내심 있게 따라갔다. 나는 키도의 팔을 잡고 빙글빙글 돌기만 할뿐 거의 몸을 쓰지도 않았다.

그런데도 여전히 춤을 추고 있다는 느낌이 들었다. 파인애플 네온사인이 이따금 그의 얼굴을 비췄고 그럴 때마다 나는 큐를 떠올렸다. 노래 듣는 것도 춤추는 것도 좋아하지 않고 그저 소란스러운 티비 소리를 들으며 잠드는 걸 좋아했던 큐. 큐는 지금도 티비 앞에 있을까... 나는 내일 또 꺼진 티비 앞에 있을까. 방 안에서 큐를 생각하며 잠들게 될까.

큐가 내 생각을 하며 눈물 흘렸으면 좋겠다. 그러나 큐는 아직까지 바보 같은 감정 소모를 할 사람이 아니었다. 밤마다 바보처럼 눈물 흘리는데 시간을 낭비하는 건 나뿐일 것이다. 나는 여름 밤거리를 활보하다 불기둥에 휩싸여 사라진 악마를 보았다는 둥 민트로 외국인을 속인 광경을 봤다는 둥 비싼 돔 페리뇽을 도둑맞은 남자들이 입은 옷차림이 어땠다는 둥 쌀국수 가게 앞에서 어떤 춤을 췄는지에 대한 이야기 같은 것들을 내 방 침대에 누워 큐에게 말해주는 상상을 여전히 하고 있었다.

그는 하루 종일 어떤 일이 있었든 나에게 말해주고 싶지 않을 텐데.

큐가 내 이야기를 들어줬으면 좋겠어...

내 머릿속에서 좀처럼 떠나질 않는 그가 원망스러웠다. 나는 키도의 어깨에 기대 춤을 추면서 조금 전 만났던 악마에게 큐를 저주해달라고 빌었다.

그가 내 생각을 하지 않을 때마다 고통을 느끼길, 그가 나를 망각하지 않길, 그가 나를 떠나 괴로웠을 시기를 영원히 되새기

길, 그가 이따금씩 나를 잊지 않고 눈물 흘리길, 그가 내가 곁에 없음에 익숙해지지 않길, 그가 불행한 순간은 나를 잊었을 때뿐이길, 그가 내 생각을 할 때에만 행복해지길, 그가 나와의 기억 속에서 삶의 의미를 찾길, 그가 나를 그리워 할 때에만 평안해지길.

키도는 눈을 감고 있었다. 나도 키도를 따라 눈을 감았다. 눈을 감자 그의 얼굴이 가까워지는 걸 느꼈다. 그의 차가운 숨이 내 얼굴에 닿았다. 키도의 몸에서 나오는 공기는 신기할 정도로 차가워서 그가 다른 세상에서 온 사람처럼 느껴졌다.

지금쯤 조키토즈 같은 이름의 낯선 러시아 땅에 있을 희재의 전 애인은 이런 차가운 공기를 느끼고 있을지 궁금해졌다. 아니면 지금 러시아도 이곳처럼 무더울까. 그가 있는 시골에도 여름이 찾아왔을까. 그곳의 여름도 이곳과 별반 다르지 않을까. 그는 어쩌면 에어컨이 없는 낡은 집에 살면서 더위를 이기지 못하고 열사병에 걸렸을지도 모른다.

그는 열사병에 시달리며 에어컨 바람을 맞으며 바쁘게 일하고 있는 희재를 떠올릴까? 우리는 모두 더이상 사랑하지 못할 존재들을 떠올리며 이렇게 춤을 추는 걸까.

"뭐야 잘생긴 애 어디 갔어?"

희재와 로프터스홀 앞에서 담배를 피던 버드가 물었다. 희재는 가방을 들고 있는걸 보니 퇴근한 모양이었다. 나는 로프터스

홀로 돌아가 한 잔 더 마실 거냐고 물었다. 희재는 질색하며
고개를 저었다.

"유키가 온대."

버드가 말했다. 유키를 본 게 언제였지. 나는 한동안 유키를
보지 못하고 인스타그램을 통해서만 접했다. 가장 최근에 본
사진 속 유키는 긴 머리를 귀 밑까지 자르고 흰 민소매를 입고
있었다. 그리고 얇은 팔로 캠코더를 들고 뭔가를 찍고 있었다.
여름이 되고나서부터 유키는 바빠져서 얼굴도 잘 비추지 않고
연락도 잘 하지 않았다. 게다가 우리와 유키의 마지막이 좋지
않아서 그의 연락은 뜻밖이었다.

"짐이 있어서 조용한 가게로 가자던데."

버드의 말에 희재는 잠시 고민하더니 담배를 바닥에 던지고
자신이 잘 아는 가게로 가자며 우리를 이끌었다. 나는 희재를
따라 로프터스홀 옆의 가파른 계단을 오르면서 뒤를 돌아봤다.

쌀국수 가게로 통하는 골목 앞에서 키도가 담배를 피며 나를
올려다보고 있었다. 그가 담배를 든 손을 들어 내게 인사했고
붉게 빛나는 담뱃불이 그의 눈과 겹쳐 보였다. 나는 그의 붉은
왼쪽 눈을 손가락으로 가려봤다가 멀리서 웃는 그에게 인사하
고 계단을 올랐다.

Eternal summer

앤

Eternal summer

*

큐는 내가 좋아하는 영화들을 좋아하지 않았다. 큐에게 가장 좋아하는 영화를 꼽으라고 하면 그는 지체 없이 분노의 질주 시리즈를 얘기했다. 나도 그 시리즈를 좋아했지만 좋아하는 영화라고 자신 있게 말할 정도는 아니었다.

분노의 질주보단 매드맥스가 더 좋아. 사막의 황폐함과 하드보일드가 잘 어우러진 영화잖아. 쿠앤틴 타란티노의 영화라던가 그렇지 않아?

나는 이렇게 말하는 편이었다. 그리고 큐가 내게도 좋아하는 영화가 뭔지 물어봐주길 기다렸다. 큐는 전혀 물어본 적 없었지만.

나는 사람이 잘 찾지 않는 작은 영화관에 가는 걸 좋아했다. 큰 스크린에는 잘 올라가지 않는 지루하거나 지나치게 심오한 영화들이 자주 올라오는 극장에는 어딘가 삐뚤어진 성미를 가진 사람들만 모여 들었기 때문이다.

영화가 시작되는 순간부터 크레딧이 다 올라갈 때까지 숨 한 번 크게 쉬지 않고 오직 영화에만 몰두하는 사람들이 있는 극장. 그런 곳에 혼자 앉아 있는 시간이 내겐 꼭 필요했다. 그런 극장에 모이는 사람들은 대부분 혼자였다. 그들은 혼자 영화를 보고 나선 극장을 빠져나가 다시 길거리로 흩어졌다.

그런 극장에조차 한 번도 올라와본 적 없는 희재의 전 애인은 언제쯤 스크린에 자신의 얼굴을 올릴 수 있을까? 어쩌면 뒷모습 이나 손가락 정도는 우리가 알 만한 극장에 올라갔을지도 모른 다. 그가 러시아에서 배우로 성공하겠다는 게 뭘 뜻하는 거였는 지 희재는 물어봤어야 했다. 도대체 그는 자기의 얼굴이 어디에 걸리길 바랐던 걸까?

하지만 그의 심정을 아예 모르는 것도 아니었다. 나 또한 예술대학에 다니면서 뭔가를 해내겠다는 부푼 꿈을 가지고 있 었지만 마땅한 성과를 내본 적이 없었기 때문이다. 엉성한 영상 이나 연극이라도 만들어 관객에게 결과물을 보여줄 수 있었던 다른 전공 학생들과 달리, 흑백 글자가 찍힌 종이 몇 장이 내가 증명할 수 있는 전부였다. 그걸 공모전에 내 볼 배짱도 없었기 에 수준이 비슷한 학생들에게 좋은 평가를 듣는 게 그 당시 내가 느낄 수 있는 최고의 성취였다. 화장실에 낀 곰팡이에 락 스를 뿌리는 것만도 못했다. 매학기 몇백만 원을 들여 재능 있다는 소리를 들어가며 알아먹지도 못할 글을 써내는 거에 비해 화장실 청소는 너무 저렴하고 확실했으니까.

예술 대학에 다니는 학생들은 졸업하기 전에 자신의 분야에서 두각을 드러내지 않으면 안 된다는 강박을 가지고 있었기에 졸업년도가 다가오면 대부분 초조함을 드러냈다. 분명히 우리는 졸업 후에 예술과 아무런 상관없는 일상으로 돌아가게 되는 걸 두려워하고 있었던 게 틀림없었다.

우리는 예술가가 돼야 한다는 분위기 없이 홀로 예술에 몰두할 자신이 없었다. 그런 외로움을 견뎌낼 만큼 예술을 사랑하지 않는다고 인정해야 했다. 시간을 더 지체하지 않고 예술 대학을 자퇴하는 이들이야말로 우리가 존경할만한 인재이지 않았을까. 그러나 우리는 몇 안 되는, 특출한 재능으로 벌써 미디어에 모습을 드러낸 동기들을 부러워했다.

그런데 희재의 전 애인은 스스로 고독해지기 위해 러시아로 떠나버렸다. 아무런 목적도 없어 보이는 여행이었다. 희재는 정말 어리둥절했을 것이다.

희재는 길을 걸으며 담배를 한 대 더 피웠다. 나는 뒤에서 담배 연기를 고스란히 맞았지만 개의치 않았다. 어둠 속에서 희재가 걷는 길을 따라 선을 이어가는 흰 연기를 바라보며 길을 걸었다. 버드는 계속 키도의 행방을 물었다.

"화장실 갔다 온 사이 다른 사람 손 잡고 가던데."

나는 가끔 버드에게 거짓말을 했다. 특히나 좋아하는 남자에 관해서 거짓말을 많이 했다. 나는 큐를 아직까지 그리워하고 있다거나 큐와 헤어지고 나서 몇 번이나 연락을 주고받았다는 것 등을 버드에게 말하지 않았다.

그건 버드도 마찬가지였다.

걔가 진짜 나를 좋아하는지 모르겠어.

버드와 나는 이렇게 말하고 그건 사실이 아냐, 라고 상대방이 답해주길 바랐다.

그리고 내가 걔를 사랑하는지 잘 모르겠어.

우리는 이렇게 대화를 마무리 지었다.

이건 나쁜 버릇이었다. 우리는 가장 사랑하는 것들에 대해선 늘 축소해서 말하는 버릇이 있었다. 나는 큐가 이기적이고 나를 사랑하지 않는 것처럼 군다고 버드에게 말했지만 그건 사실이 아니었다. 버드도 애인과 관계가 불안해질 때가 되면 내게 와서 한참동안 애인의 결점에 대해 떠들었다. 그리고 자신은 역시 진을 사랑하는 것 같다는 말도 빼놓지 않았다. 몇 달에 한 번 답장을 보내오는 어딘지 모를 나라에 있는 진을 말이다. 그토록 사랑해 마지않던 그의 모든 부분들을 남김없이 부정하고 나면 우리는 어딘가 속이 시원한 느낌이 들었다.

우리는 어두운 골목에 있는 작은 바에 도착했다. 버드는 그 가게가 마음에 들었는지 희재의 장소 선정이 완벽하다고 호들갑을 떨며 칭찬했다. 가게 안은 생각보다 넓었다. 천장에는 무수히 많은 나비 모형이 기다랗게 걸려있었다. 몇 번 나비 모형에 머리를 부딪쳤다. 그럴 때마다 나비모형이 서로를 흔들며 물결지어 움직였다.

버드는 천장을 올려다보며 이 모든 게 황홀하다고 소리쳤다. 가게 안에 있던 사람 몇 명이 깜짝 놀라 버드를 쳐다봤지만 이내 쿡쿡 웃으며 불쾌한 기색은 보이지 않았다.

우리는 각자 술을 시켰다. 나는 논알콜 칵테일을 시켰다. 우리는 잔을 들고 구석진 자리에 앉아 가게 안을 둘러봤다. 바닥부터 천장까지 모두 목재로 마감돼 있었다. 버드는 핸드폰으로 가게 사진을 찍어 인스타에 올렸다. 나는 버드의 핸드폰을 보다가 버드의 게시글에 곧바로 댓글이 달리는 걸 봤다.

어디야? 나도 갈래

익숙한 아이디였다.

"너 아직도 걔랑 노냐?"

"그냥 가끔만 만나."

나는 그를 정말 싫어했다. 그는 버드의 질 나쁜 친구 중 하나였다. 그는 자기 얘기만 해댔기 때문에 같이 있는 시간이 재밌지도 않았다. 자기 외에 모든 사람을 조연 취급해 버리는 사람이었다. 나는 불편한 기색을 숨기지 않고 말했다.

"걔를 왜 상대해줘?"

"키도한테 여기로 오라고 해봐."

"다른 사람이랑 가버렸다니까."

"지금 질렸을지도 모르잖아. 불러봐."

버드는 키도와 잠깐 대화를 나눴던 게 재밌었나보다. 아니면 키도의 외모가 자랑할 만한 것이어서였는지도 모른다.

"야, 그냥 우리끼리 놀자. 나랑 노는 거 재미없어?"

희재가 장난스레 말했고 버드는 바로 희재에게 동조했다.

"근데 요즘 걔는 안와? 저번에 예거밤만 서른 잔 주문해서 돌렸다며."

"아, 걔 블랙리스트 먹었었어. 이제 못 와."

희재는 한동안 로프터스홀에 지겹도록 들락거렸던 래퍼에 대해 말하며 깔깔 웃었다. 그가 자신을 쇼미더머니가 만든 스타라고 소개하고 다니며 하종진을 헤집고 다닌다는 무수한 소문을 들었지만 나는 실제로 그를 본 적이 없었다.

우리 입에서 그의 이름이 나오자 옆 테이블에 앉은 여자들이 힐끔대며 눈길을 주기 시작했다. 하종진 가게들을 오간 연예인들 이름이 나오고 누가 어떤 일로 하종진에서 블랙리스트가 됐는지에 대한 얘기가 한창이었는데 옆에 앉은 여자가 말을 걸어왔다.

"저, 죄송한데요. 제가 쇼타 동생인데 그런 근거 없는 말 하지 말아 주세요."

우리가 한창 배우로 뜨고 있는 쇼타에 대해 말하고 있었을 때였다. 늘 바르고 얌전한 이미지를 가진 그가 술만 마시면 직원들에게 폭언을 쏟아낸다는 얘기를 하고 있었다. 그는 로프터스홀을 찾아와 희재의 기분을 상하게 한 적도 있었다.

우리는 바로 여자에게 고개 숙여 사과했다. 여자는 화가 났는지 씩씩 거리며 술값을 계산하고 가게를 나갔다. 우리가 알기론 쇼타는 외동이었다. 인터넷을 아무리 찾아봐도 그에게 형제나 남매가 있다는 사실은 나오지 않았다. 그래도 우리는 여자에게 고개 숙여 사과한 걸 신경 쓰지 않았다. 아마도 여자는 쇼타의 팬이었을 것이다.

유명인들이 하종진을 찾는다는 건 우리와 관련 없는 얘기였다. 그럼에도 우리는 가끔 그들의 추태를 전해 듣고 흥분했다. 방 안에서 SNS를 두들긴다고 알 수 없는 사실을 우리끼리 공유한다는 사실이 특별하게 느껴졌기 때문이다.

대화가 길어져도 유키는 나타나지 않았다. 버드는 계속해서 유키가 아닌 키도를 찾았다. 버드는 키도의 가슴팍에 소금돌을 박고 싶어 하는 걸지도 모른다는 생각이 들었다. 나는 희재에게 물었다.

"로프터스홀은 귀신같은 게 자주 나와?"

"매일 나오죠."

"매일?"

"어차피 귀신보다 무서운 건 남들이 킵 해놓은 양주를 들고튀는 놈들이에요."

우리는 조금 전 돔 페리뇽을 도둑맞은 남자들을 떠올리며 웃었다. 희재는 그 남자에 대한 일화를 덧붙였다.

"그 녀석이 들고 있는 가방이 고야드였잖아요? 그래서 내가 달래주려고 아구아 밤 한 잔 만들어주면서 말했죠. 어차피 그 가방에 비하면 얼마 안 되는 술이니 잊으라고. 근데 그녀석이 말하더라고요. 누가 요즘 고야드 찐 들고 다니냐고."

나는 문득 큐가 들고 다니던 지갑이 고야드였다는 게 생각났다. 그 고야드는 진짜였을까?

이 가게에도 우리를 제외한 모든 테이블 위에 명품 가방이나 지갑이 하나씩 놓여있었다. 그것들은 모두 진짜일까? 그러나 클럽이나 어두운 바 안에서 춤추고 있는 사람과 귀신을 구분하기 힘든 것만큼 그곳에 늘어서 있는 진품과 가짜를 구분하기 어려웠다.

가게 주인이 각 테이블에 있는 양초에 불을 붙이기 시작했다. 그는 양해를 구하며 우리에게 다가왔다. 나는 그의 얼굴을 알아봤다. 그는 어젯밤 하수구에서 나를 끌어당겼던 얼굴에 문신을 한 남자였다. 그러나 그는 나를 못 알아본 건지 내 앞에 있는 양초에 불을 붙이고 사라졌다.

양초는 일렁이며 여기저기서 불어오는 숨결에 휙휙 꺼질 듯이 사라졌다가 피어올랐다. 테이블엔 양초가 드리우는 작은 그림자가 얼룩졌다. 문득 러시아에 있는 희재의 전 애인이 머물고 있는 작은 방에 있던 테이블이 생각났다. 그 테이블엔 가루가 떨어져 있었다. 창 밖에서 불어온 꽃가루 혹은 담뱃재였을 것이다. 나는 종종 그가 보낸 짤막한 영상들을 떠올렸다. 그리고 그걸 머릿속에서 편집하고 섞으며 그의 일상을 상상했다.

지금쯤 그곳은 강가를 뜨겁게 지피던 해가 슬그머니 산머리로 넘어갔을 것이다. 그리고 곧바로 어둠을 머금은 강이 높이 범람해 마을을 잠가버렸을 것이다. 그는 할 게 없어져서 방 안에 틀어박혀 인터넷이 잘 되지 않는 노트북을 두들기다가 새롭게 찍은 영상들을 정리할 것이다. 그리곤 밤새도록 방 안에서 담배를 피워대며 아래층 냉장고에서 가져온 맥주를 들이킬 것이다. 그는 담뱃재를 늘 지정된 자리에 털지만, 담배꽁초는 아무렇게나 사방으로 튀어 테이블과 목재 바닥을 더럽힌다. 맥주나 담배가 떨어지면 그는 살금살금 일층으로 내려가 그 집의 찬장과 냉장고를 뒤진다. 다음 달 세를 조금 더 보태면 될 거라는 생각으로 그는 부정한 외상값을 합리화한다. 물론 사라진 재고들을 집주인 아줌마가 눈치 챈 만큼만 값을 치를 생각이다. 그는 차가운 맥주와 담배를 챙겨 다시 제 방으로 올라와 테이블 위에 가지런히 늘어놓고선 중얼거린다.

돌아가고 싶다...

혹은 다시는 돌아가고 싶지 않아...

어떤 생각에 몰두하다가 모든 걸 잊기 위해 술과 담배를 몸 안에 쏟아 붓고 침대에 벌러덩 누워버린다. 그리고 그날 하루를 어떻게 날렸는지 셈할 겨를도 없이 잠들어버릴 것이다. 타지의 어둠이 그의 발목을 잡고 강 밑으로 끌어내린다. 강은 새벽이 될 때까지 언덕 위에서 출렁거리며 사방에 풀벌레 소리를 풀어 둔다. 마을 사람들을 풀벌레 소리를 들으며 강 밑에 가라앉아 혼수상태에 빠진다. 그러나 그만은 외지에서 온 사람이라는 이유로 자꾸만 혼수상태에서 발작하듯 일어나 수면 속에서 질식할 것 같은 기분을 느낀다. 그런 그를 진정시키는 건 풀벌레 소리다. 대개 벌레들은 어디에서든 비슷한 소리를 내기 때문에 그를 익숙한 소리로 혼란시킨다. 그러다 섬광이 하늘에서 번쩍하고 터져 새벽을 알리면 어둠은 풀벌레 소리를 흩어버리고 언덕 밑으로 내려가는 강 속으로 뛰어든다. 그리고 아침이 됐을 때 강이 제자리로 돌아와 졸졸거리는 소리를 내면 강 밑바닥에 허리를 수그리고 자리를 잡는다. 그는 서둘러 잠에서 깨어나 목에 걸렸던 숨을 개어낸다. 오늘도 낯선 벽에서 깨어나는데 성공했어... 그는 생각한다. 방안에 남아 있는 그림자를 씻어내기 위해 그는 커튼을 걷는다. 햇빛이다. 그는 눈을 반쯤 뜬 채로 집 밖을 나서 강가를 서성인다. 그리곤 물끄러미 물속을 바라보며 툭하고 드라마 대사를 뱉는다. 그때 강 속에 고개를 처박고 있던 어둠이 허리를 펴고 말한다.

돌아가.

그 사이 희재는 나와 여름밤을 보내고 있었다. 정신없이 사람이 드나드는 로프터스홀에서 정체 모를 손에 술잔을 끊임없이 넘겨주고 나서야 얻은 자유였다. 희재는 잔에 담긴 술을 빙빙 돌리며 촛불에 시선을 고정했다.

"그러고 보니 요새 비상구에서 달그락거리는 소리가 들린대요."

희재의 얼굴은 심지에서 쏟아지는 따뜻한 불빛과 창밖에서 들어오는 가로등의 차가운 빛이 섞여 오묘하게 빛났다. 창백해졌다가 활기를 띠었다가 하며 입을 움직일 때마다 얼굴의 근육

이 일그러졌다. 희재가 씨익 웃자 어둠속에서 준비운동을 마친 새처럼 주름이 양옆으로 펴졌다.

"말발굽 소리 같다던가? 주변에 가끔 당나귀들이 돌아다니니 그 소리를 들었을지도 몰라요."

유리가 깨지는 소리가 들렸다. 고개를 돌려보니 얼굴에 문신을 한 남자가 바 안쪽으로 몸을 숙이고 있었다. 그가 깨진 유리 조각을 주울 때마다 등이 꾸물거렸다. 나는 불길한 징조처럼 들썩이는 등을 바라보다가 그가 반쯤만 남은 유리잔을 든 채로 허리를 펴자마자 시선을 돌렸다.

"춤이나 추러 갈래?"

"유키가 온다잖아."

"오지도 않잖아."

버드는 기다리는 게 지루해졌는지 계속 핸드폰을 만지작거렸다. 조금 전까지만 해도 일을 하고 온 건데도 버드는 피곤해보이지 않았다. 오히려 나만 취기 때문에 졸음이 쏟아지는 걸 억지로 참고 있었다. 첫차가 뜰 때까지 클럽에 가서 춤을 추며 시간을 보내는 게 더 버틸만할지도 몰랐다. 유키는 오지 않는다.

우리는 술값을 계산했다. 나는 얼굴에 문신을 한 남자에게 카드를 건넸다. 그는 계산하지 않고 내게 카드를 돌려줬다. 술값을 받지 않는 게 의아했지만 나는 카드를 받아들고 그대로 가게를 나왔다.

"왜 너한테만 돈을 안 받지?"

버드가 물었다.

"모르겠어."

"네가 맘에 들었나?"

다시 후텁지근한 바깥 공기를 맡으니 속이 울렁거렸다. 나는 조금 전 얼굴에 문신을 한 남자가 내게 카드를 건네며 중얼거렸던 말에 대해 생각하고 있었다. 버드가 앞서 걸어가고 있었고 희재가 내 팔을 잡았다.

"로프터스홀에서 본 적 있어요?"

희재가 내 귀에 속삭였다. 귓가에 닿는 숨이 뜨거웠으나 바깥 공기가 지나치게 더운 탓에 희재의 숨결이 차갑게 느껴져 등 뒤가 서늘해졌다.

"갈색 옷을 입은 사람이요."

사람이 북적이는 그곳에 갈색 옷을 입은 사람이 한둘일 리가 없었다. 어두운 탓에 누가 어떤 색의 옷을 입었는지 분간하기도 힘든 곳이었다.

"우리 가게 괴담 같은 거예요. 사장이 두 눈으로 직접 갈색 옷을 입은 유령을 봤다고 한 이후로 매일 정신 나간 사람처럼 굴거든요."

내가 의아한 표정을 짓자 희재는 버드와 거리를 두고 걸으며 말을 이어나갔다.

"일단 술을 끊었어요. 그 사람 거의 알코올중독자였거든. 그런데 하루아침에 한 모금도 안대기 시작했어요. 토토도 안하고 도박도 안하고 포커도 안 치러가. 갑자기 교회를 나가기 시작하더라니깐요. 다들 사장이 미쳤다고 수군댔죠. 팔에는 또 어디 절에서 얻어온 염주를 차고 목에는 예수상이 걸린 목걸이를 차고 다니더라고요. 그리곤 가게를 둘러보다가도 새벽기도를 가야한다고 정산도 확인 안하고 휙 가버렸어요. 같이 일하는 애가 독실한 신자라 사장하고 대화를 시도해보려고 했는데, 그 애가 와서 알려주더라고요. 알고 있는 성경구절이 하나도 없다고. 그리곤 어느 날 목사라는 대머리 남자를 데려와선 늘 함께 다녔어요. 대머리는 왼쪽 손가락 두 개가 잘려나가 있었는데, 꼭 잘린 손가락에 금반지를 끼고 다녔어요. 매일같이 그 녀석이 사장 권한으로 마음껏 술을 얻어 마셨는데 왼쪽 손으로 잔을 받아갈 때마다 두 반지가 번쩍거리고 눈부셔서 진짜 짜증나더라고요. 그 대머리는 매일 술을 하도 먹어서인지 점점 배가 나오고 사장은 점점 말라갔어요. 그래도 걱정하는 직원은 아무도 없었어요. 다들 대머리가 찬 반지를 뺏어서 하수구에 던져 버리고 싶다는 말만 했죠. 그래서 어떤 날은요, 언니는 한 번 봤을 텐데, 항상 머리에 왁스를 발라서 넘기고 다니는 걔, 알죠. 그 직원이 반지를 한 번만 껴보면 안되겠냐고 대머리한테 물었어요. 그랬더니 대머리가 반지를 낀 채로 걔 코를 부숴버렸어요. 너같이 잘생긴 녀석은 그래서 안 돼. 라고 말하면서 말이에요. 그 후로 그 인간은 영원히 블랙리스트가 됐어요. 사장 권한이어도 사장의 가게에 못 들어오는 거죠. 직원들이 싫어하니까. 참고로 코가 부서진 걔는 합의금으로 새로 코를 세웠는데 더 잘생겨져서 이제는 인스타 인플루언서가 됐어요. 아무튼 이 모든 게 사장이 갈색 옷을 입은 유령을 보고 나서 일어난 일이에요."

나는 로프터스홀에서 갈색 옷을 입었던 사람이 있었는지 생각했다. 아보림의 붉은 눈과 바닥을 신경질적으로 두드리던 검은 털이 빽빽한 다리밖에 생각나지 않았다.

하지만 누군가가 짙은 갈색 옷을 입고 있는 걸 본 기억이 있었다. 나는 분명히 본 적이 있었다. 그러나 그게 누구였더라... 여름 밤거리는 지나치게 뜨거웠다. 주황빛 가로등 조명들이 여러 개의 태양으로 분산돼 대기를 지피고 있는 것처럼 느껴졌다. 그 무더운 밤거리를 걷다가 나는 떠올렸다.

오늘 로프터스홀에서 짙은 갈색 옷을 입고 있었던 여자와 전 날 클럽에서 내가 귀신을 본 뒤에 큐의 번호를 찾지 못하고 돌아와 땀을 훔치면서 데킬라를 달라고 부탁했던 여자가 같은 사람이라는 걸. 그리고 다음 날 내게 전화해 너 귀신 보지?라고 물었던 목소리도 분명 그 여자의 목소리와 같았다. 내가 알아듣지 못할 은어를 옆에 앉은 남자에게 속삭이며 킬킬거렸던 그 여자. 얼굴에 새겨진 문신이 그렇게 특이했는데 단번에 알아보지 못했던 게 이상했다.

앤.

그때 마침 나는 로프터스홀 앞을 지나치고 있었다. 토요일 밤이었고 사람들이 가게에 입장하기 위해 줄지어 서있었다. 나는 철제 울타리가 쳐진 이층 테라스를 올려다봤다. 섬뜩할 정도로 이층은 고요해보였고 아무도 없었다.

나는 그곳에서 키도와 아보림과 앤과 카드게임을 했던 게 불과 몇 시간 전이었다는 게 믿기지 않았다. 모든 게 며칠 전에 일어났던 일처럼 아득하게 느껴졌던 건, 머리를 어지럽게 하는 더위가 정신을 집중하지 못하게 하는 탓과 키도의 팔을 잡았던 순간이 무척이나 시원하고 상쾌했기 때문이었다. 이 나라의 여름날엔 느껴볼 수 없는 산뜻한 기분이었기 때문에 몇 시간동안 타지에 떨어졌다 온 것 같은 착각이 일었던 것이다. 그것도 시차가 아주 큰 낯선 나라. 키도는 그렇게 정말 먼 나라에서 온 게 틀림없었다. 적어도 희재의 전 애인이 있는 러시아보다는 더 멀고 먼 곳.

"사장 말고도 갈색 옷을 입은 유령을 봤다는 직원이 정말 있긴 있어요. 그런데 누구는 여자라고 했다가 누구는 남자였다고 하는데, 일하면서 술을 너무 마셔서 정신이 나간 거였겠지. 아, 언니 이건 버드한테는 비밀이에요."

버드와는 아무런 상관없는 이야기였다. 그럼에도 희재는 버드와 거리를 두고 걸었다.

"버드는 변하고 싶을 땐 휙휙 변해버리잖아요. 쟤는 사람이 되고 싶으면 여길 그냥 떠나버릴 거야."

희재는 지갑을 꺼내며 말했다. 부슬비가 내리기 시작했다. 버드와 희재는 비가 더 쏟아지기 전에 서둘러 걸었다.

그 때 나는 뒤를 돌아봤다. 로프터스홀 이층 테라스에 서서 갈색 옷을 입은 여자가 나를 쳐다보고 있었다.

여자는 얼굴에 소용돌이 같은 문신을 하고서 알 수 없는 표정을 짓고 있었다.

앤.

앤을 보자마자 난 땅이 흔들린 것 같은 충격을 느꼈는데, 그건 일종의 전율과 같았다. 내가 무엇을 열렬이 생각하고 떠올린다고 해서 그 존재가 내 앞에 나타난 적이 있었던가? 내가 그토록 큐를 생각함에도 큐는 한 번도 내 앞에 나타난 적 없었던 것처럼 그런 우연은 내게 허락되지 않은 것만 같았다.

오던 길을 되돌아가려는 나를 희재는 굳이 붙잡지 않았다.

"늦지 말고 잘 찾아와야 해요!"

희재는 그렇게 말하고 멀리 사라지는 버드를 뒤따라갔다.

나는 왔던 길을 되돌아가 로프터스홀로 들어갔다. 갑작스레 내린 비 때문에 사람들이 흘린 빗물로 흥건한 복도를 지나 술병이 여전히 굴러다니는 계단을 올라갔다. 나는 붉은색 페인트가 칠해진 문 앞에 섰다. 문에는 조금 전에 없던 글자가 적혀있었다.

'Ain't no summer like that'

문을 열고 들어가니 방 안엔 테이블 몇 개와 의자 몇 개가 놓여 있었다. 그러나 조금 전과는 다르게 방 안이 온통 붉게 빛나고 있었다. 앤은 붉은 벽 쪽에 놓인 테이블에 트럼프 카드를 늘어놓고 앉아 있었다. 그곳엔 여전히 몇몇 사람이 앉아 카드게임을 하고 있었다.

앤이 카드를 섞고서 내게 카드를 건넸다. 나는 자리에 앉았다. 나는 조금 전 내게 돈을 받지 않았던 얼굴에 문신을 한 남자가 생각나 앤에게 얼마 없는 현금을 건넸다. 앤은 고개를 저었다.

"돈을 내면 쫓겨나."

나는 그럼에도 앤에게 돈을 건네주려 하다가 앤의 강경한 태도에 다시 주머니에 넣었다.

"그 애는 기어코 돈을 걸었어. 걔는 이제 곧 여기를 떠나게 될 걸."

"키도가?"

내가 키도 얘기를 꺼내자 앤은 잠시 생각에 빠졌다가 웃음을 터뜨렸다. 앤이 웃을수록 얼굴에 있는 문신이 좌우로 요동쳐 기괴하게 일그러졌다.

"널 따라간 애를 말하는 거지?"

앤은 조금 전처럼 알아듣기 힘든 얘기만 했다. 그러나 격양된 앤의 목소리를 들으니 확실해진 것도 있었다.

"오늘 나한테 전화했었지?"

나는 확신을 가지고 물었으나 앤은 대답하지 않고 태연자약한 표정을 짓고 있었다.

"왜 그런 질문을 했어?"

나는 계속 물었다. 앤은 눈을 여기저기로 굴리다가 뭔가를 떠올린 듯이 고개를 끄덕이며 말했다.

"네가 울면서 귀신을 봤네 목이 마르네 하고 혼자 말했잖아. 진짜 웃겼는데."

그때 내가 울고 있었나? 기억이 나지 않았다. 머릿속을 되짚어봤지만 뒤돌아서 춤추고 있던 귀신의 뒷모습밖에 떠오르지 않았다. 나는 꽤나 겁에 질려있었던 걸지도 모른다.

어디선가 계속 붉은 불빛이 방 안에 쏟아졌다. 대낮에 쏟아지는 빛처럼 불빛은 악의에 가까운 열기로 방 안을 뜨겁게 지폈다. 온 몸에 땀이 송골송골 맺히기 시작했다. 앤은 카드게임을 시작했다. 앉아서 카드게임을 하다 보니 오금에 땀이 맺혀 나는 몇 번이나 몸을 숙여 손으로 오금을 닦아야했다.

"눈에 예쁜 점이 있어서 내가 좋아하는 아이였는데, 정말 아쉬워."

"누구 말이야?"

"돈을 걸었다는 애 말야."

앤은 콧노래를 흥얼거렸다. 그건 아무도 없는 화장실 칸 안쪽에서 들렸던 허밍과 같았다. 나는 중얼거렸다.

"왜 자꾸 나를 따라다녀?"

"넌 내가 있을 곳을 찾아다니는 거야."

"…"

"…"

"이해가 안가."

"걔는 여길 떠나면 뭘 할까?"

그때 희재의 전 애인이 머릿속에 떠오른 건 우연이 아니었다. 나는 뜨겁게 달궈진 테이블에 팔꿈치를 대고서 테라스로 통하는 통유리를 보고서야 알았다. 지금 쏟아지고 있는 붉은빛은 조명이 아니라 바깥에서 밀려들어오는 진짜 태양빛이었단 걸. 서울은 이미 새벽이면서 비가 쏟아지고 있는 것과 무관하게 이곳엔 노란기 하나 없이 붉게 노을 지는 저녁이 한창이었다.

방 안의 저녁이 벽면을 붉게 물들이고 있었다는 걸 인지하자 그제야 눈이 시려왔다. 나는 계속해서 들어오는 빛을 손으로 가리다가 카드를 바닥에 떨어뜨렸다. 그러자 창밖의 낮은 붉은 빛을 거두고 하얗고 투명하게 모습을 바꿔갔다. 네 조각의 벽면이 하얗게 변했고 앤도 두 눈을 찌푸렸다.

희재는 그를 그리워할 거야. 내 안에서 확신이 번져갔다. 그리고 동시에 환희가 차올랐다. 왜냐하면 상상속의 그는 희재를 전혀 생각하지 않기 때문이다. 그는 여전히 자신의 방 안에 있다. 그리고 아침이 언덕을 넘어오길 기다리고 있다. 그는 잠들어있다. 어떤 근심도 그리움도 없이, 그러나 고독함을 안은 채 옅은 잠을 자고 있다. 시간이 흐른다. 그는 뱃속이 거북한 기분을 느끼며 잠에서 깬다. 그러나 배탈이 난 건 아니다. 그는 창문을 열어젖힌다. 강가의 물비린내가 감각을 깨운다. 거북함도 일시적으로 사라진다. 그는 일층으로 내려가 욕실에서 양치를 한다. 민트 냄새. 그는 아주 잠시 희재를 떠올린다. 그러나 곧 잊어버린다. 그는 눈곱을 떼고 손가락으로 머리를 빗는다. 대충 걸친 외투를 여미며 밖으로 나간다. 투명하고 눈부신 빛이 어둠이 남긴 잔여물을 치우고 있다. 이파리에 낀 이슬의 그림자를 청소하는 중이다. 그 부지런한 빛은 그의 얼굴에 주근깨를 만든다. 그는 짙어져가는 주근깨가 자랑스럽다. 바람이 그에게 와 부딪치곤 귓바퀴 뒤로 미끄러진다. 그는 머리카락을 헤집는 바람이 산 너머에서 불어왔음을 느낀다. 새들이 부지런히 하늘을 떠다닌다. 태양이 새들의 날개깃에 황금을 달아준다. 새들은 재빠르게 바람을 타고 하강해 강가에 앉아 황금을 털어낸다. 물이 튀긴다. 금빛 물결이 미끄러지며 물에 비친 그의 얼굴을 일그러뜨린다. 그는 강가에 서서 자신의 얼굴을 물끄러미 바라보다가 갈라진 목소리로 대사를 내뱉는다.

돌아와.

그 사이 나와 앤이 있는 방은 정오를 지나 아침의 옅은 빛이 머물고 있었다. 나는 카드를 줍기 위해 허리를 숙였다. 테이블 밑으로 하얀 다리가 보였다. 고개를 들자 자리엔 아무도 없었고 사방이 텅 비어 있었다. 밖은 어둡고 비가 내리고 있었다.

나는 로프터스홀 일층으로 내려갔다. 조금 전까지만 해도 북적거렸던 로비가 텅 비어있었고 아무도 없었다. 모든 게 한순간에 사라진 것이다. 넓직한 바에는 술도 잔도 없었다. 문도 열려 있었고 조명도 켜져 있었다. 그러나 그 앞을 지나치는 사람들은 이곳을 의식하지 않았다. 문 밖에서 나와 눈을 마주치는 사람도 있었지만 길거리에서 그러하듯 금방 시선을 돌려 제 갈 길을 갔다.

나는 희재가 늘 서있던 바 안쪽으로 들어갔다. 그곳에 있으니 길 가는 모든 사람들이 까다로운 손님처럼 보였다. 나는 먼지 쌓인 바에 손을 찍어봤다가 내 손의 지문이 사라졌다는 사실을 깨달았다. 열 손가락을 펴 조명 아래서 꼼꼼히 살펴봤다. 모든 지문이 닳아 없어져 있었다. 난 도대체 어디서 얼마나 일을 한 걸까... 낡아서 무너진 선반이 몇 개 보였다. 나는 선반을 뒤졌다. 아무것도 없었고 안쪽에 하얀 분필로 글자가 적혀 있었다.

'풀숲에서 비는 하얗다'

그때 누군가 품 안에 술병을 들고 로프터스홀로 늘어왔다. 비틀거리며 열린 입구로 들어오는 그의 얼굴을 나는 단번에 알아봤다. 희재가 잘게 부순 민트를 건네줬던 외국인이었다. 그는 소중히 품고 있던 돔 페리뇽을 내 앞에 내려놨다.

환불해줘.

그건 분명 훔친 술이었다. 그는 웃기 시작했다. 그가 벗겨진 이마를 연신 짚으며 들숨에 맞춰 웃었는데, 나도 모르게 따라 웃었고, 그는 나와 웃는 타이밍이 비슷했다. 술병을 들어보니 반도 차있지 않았다. 나는 환불 값으로 가방에서 아보림의 파우치를 꺼내 건네줬다. 외국인은 기뻐하며 파우치를 뒤적거렸다.

없어?

그가 물었다. 내가 아무 말 없이 서있자 그는 미련을 놓지 못하고 계속 파우치를 뒤졌다. 사방으로 파우치 안에 있던 화장품이 떨어졌다. 나는 내 앞에 굴러 떨어진 립스틱 하나를 도로 챙겼다.

그는 파우치 안에서 파우더를 발견해 하얀 분말 가루를 손으로 집고는 입에 털어 넣었다. 그리곤 바 근처를 서성이다가 어디선가 술잔을 찾아냈다. 내가 손을 내밀자 그는 순순히 내게 술잔을 넘겼다. 나는 돔 페리뇽을 술잔에 따라 마셨다. 지나치게 독한 술이었다.

그는 분명 한국어를 전혀 할 줄 모르는 것 같았는데 이곳에서는 말이 잘 통했다. 그는 자신이 영국 잉글랜드 동부에서 왔다고 소개했다. 나는 영국이라는 나라에 대해 잘 몰랐기 때문에 그가 말한 지역을 바로 잊어버렸다.

그의 이름은 매리어트였다. 매리는 자신이 해양소설가라고 말하며 세계가 바다에 잠기는 날에 대한 소설을 쓰고 있다 말했다. 나도 그런 생각을 많이 했다며 매리에게 내가 상상한 세계를 말해줬다.

나는 모두가 요트 위에 살게 돼서 영원히 표류하게 될 것이며 바다는 해파리와 불가사리만 남기고 텅 비어버릴 거라 주장했다. 나는 그가 통하는 구석이 많다는 걸 깨달았다. 그는 앞으로 인간들이 먹게 될 것들에 대해 은밀하게 얘기해줬다. 그건 매우 비밀스럽고 충격적이었다. 나는 늘 부드럽게 관리한 내 살을 내려다봤다.

매리는 자신의 소설을 완성하기 위해서는 꼭 유령의 존재를 목격해야 한다고 말했다. 자신이 보고 듣지 못한 것을 현실과 혼동하지 않고 진짜와 같이 쓰려면 반드시 세상에 존재하지만 존재하지 않는 것을 목격해야만 한다는 것이었다. 매리는 돔페리뇽을 들고 씩씩거리며 로비를 빙빙 돌았다.

이곳에서 이 년을 헤맸는데 갈색유령을 보지 못했어.

매리가 중얼거렸다. 나는 갈색유령을 본 적 있다 말했다. 그러자 그가 언제 봤냐고 물었고, 갈색유령이 나를 쫓아다니며 조금 전에도 봤다고 내가 말하자 그는 유령이 있는 곳으로 안내하라고 했다. 나는 그를 앤에게 안내해도 되는지 알 수 없었으나 앤이 원치 않는다면 얼마든지 다른 형태로 변해 숨어버릴 수 있다는 사실을 알고 있었다.

나는 그를 데리고 복도로 나갔다. 우리가 문을 닫고 나가자마자 고요했던 로비가 소란스러워지는 걸 느낄 수 있었다. 복도는 축축했고 바닥을 밟을 때마다 마루가 삐걱거리는 소리가 났다. 아래가 뻥 뚫린 바닥을 밟는 기분이었다.

우리는 한참을 걸었지만 아무리 걸어도 계단까지 닿을 수 없었다. 매리는 뒤에서 내게 갈색유령을 조심해야 한다고 말했다. 갈색유령은 언제나 낯선 이방인을 기다리다 손님이 찾아오면 상대방을 악마로 바꿔 버린다는 것이었다.

내 형태를 지키는 방법이 있을까?

내가 물었다.

아주 간단해. 돈을 지불하면 돼.

왜?

자본주의는 악마보다 무서운 거거든.

그때 맞은편 복도에서 누군가 걸어오는 게 보였다. 갈색 옷을 입고 있는 앤이었다. 앤의 얼굴엔 타투가 가득해서 멀리서 그녀의 얼굴이 잔뜩 엉켜있는 실선처럼 보였다. 종이 위에 아무렇게나 끄적인 낙서처럼 말이다.

누구냐? 정체를 밝혀라.

매리는 오래된 소설책에서 읽은 것 같은 대사를 날렸다. 정말 이상한 말이었다. 눈앞에 수년 동안 찾아 헤맨 갈색 옷을 입은 유령이 서있는데 그의 정체를 묻다니... 매리는 너무 큰 공포를 느낀 게 아니었을까?

매리는 앤을 향해 돔 페리뇽을 있는 힘껏 던졌다.

…

탕!

…

돔 페리뇽은 총성 같은 소리를 내며 깨졌고 사방으로 남은 술이 튀었다.

정신을 차려보니 나는 사람이 가득한 로프터스홀 복도 한가운데 서있었다. 비틀거리는 나를 아무도 신경 쓰고 않았고 그들 또한 비틀거리며 벽과 테이블에 기대있었다. 다시 취객들로 가득한 밤거리로 돌아온 것이었다.

나는 단숨에 비 내리는 거리를 뚫고 희재와 버드가 서있는 클럽 앞에 도착했다.

"금방 왔네요?"

"줄서있는 거야?"

"주말이라 그런지 비가 오든 말든 그냥 세워두네요."

나는 자연스레 희재와 버드 옆에 섰다. 뒤에 줄지어 서있던 사람들이 차가운 눈빛으로 쳐다봤지만 모르는체했다.

비가 본격적으로 쏟아졌지만 한참을 더 기다리다 신분증을 내밀고 손목에 푸른색 도장을 찍히고 나서야 클럽으로 들어설 수 있었다. 젖어서 무게가 더해진 옷과 어깨를 눌러오는 피로감 때문에 어제처럼 들뜨지 않았다. 그러나 희재와 버드는 소리를 지르며 계단을 내려갔다.

우리는 축축한 계단을 지나 신발 밑창이 바닥에서 쩍쩍거리며 떨어지는 곳을 가로질러 에어컨 바람이 쏟아지는 클럽 한가운데 섰다. 찬바람을 맞을 때마다 젖은 옷이 피부에 달라붙었다. 사람들이 빽빽이 서서 춤을 추고 있었고 머리 하나만큼 더 솟아 있는 부스에서 디제이는 허공을 쳐다보며 디제잉을 하고 있었다. 한밤중에 수많은 팔들이 공중을 휘저으며 눅눅한 지하의 공기와 에어컨 바람을 섞는 광경을 보는데도 디제이는 지루해 죽겠다는 듯한 표정이었다.

나도 이 자리가 지루했다. 어제처럼 사람이 득실거리고 좋아하는 노래가 나오고 있었는데도 버드처럼 춤을 출 수가 없었다. 젖은 옷 때문에 추위를 느껴서 인지도 모르고 연기를 뿜어대는 담배가 도처에 가득했기 때문에 숨이 막혀서였는지도 모른다.

우리는 모두 젊었다. 폐가 망가진다거나 간이 나빠질 거라는 걱정은 하지 않는 나이였다. 나이든 사람은 거의 없었다. 중년으로 보이는 사람들이 우리 사이에 섞여있긴 했으나 눈의 띄는 정도는 아니었다. 그들은 텁텁한 열기에도 지치지 않고 발을 구르는 우리를 신기하다는 눈빛으로 바라보고 있었다.

버드가 나를 쿡쿡 찌르고 어딘가를 가리켰다. 디제이부스 바로 앞에서 모피코트를 몸에 두르고 있는 남자가 보였다. 얼굴이 땀으로 번들거리는 남자는 샴페인을 병째로 들고 춤을 추다가 여자들이 잔을 들고 오면 술을 부어줬다.

"여름에 모피코트는 미친 거 아냐?"

버드에 내 귀에 대고 소리쳤다.

"가짜겠지."

"진짜인지 물어보고 오자."

버드와 나와 희재는 누가 물어보고 올지 정하기 위해 가위 바위 보를 했다. 버드가 가위를 냈다. 버드는 큰 소리로 욕을 하고 망설임 없이 사람들을 헤치고 모피코트를 입은 남자에게로 갔다. 버드가 다가가자 남자는 샴페인을 들었다. 버드는 그의 팔을 치우고 귓속말을 했다. 몇 번 대화를 나누고 나서 버드는 우리에게 돌아왔다.

"밍크래."

우리는 구역질을 했다. 어깨에 수 마리의 밍크를 두르고 여자들에게 술을 따라주는 남자를 좋아할 여자는 없었다. 나는 차라리 그가 걸친 게 가짜 모피이길 바랐다.

우리는 산 채로 수 마리 밍크의 가죽을 벗기는 것과 인조가죽으로 만들어진 백을 사는 것 중 어떤 게 환경에 더 해로운지에 대해 얘기했다. 물론 이 소란스러운 곳에서 서로의 의견이 잘 전해질 리 없었다. 우리는 스탠딩 에어컨이 있는 구석으로 이동해 다시 춤을 췄다. 희재가 데킬라 세 잔을 사와 나와 버드 입에 털어 넣었다.

날이 갈수록 밀가루와 식용유 가격이 오르고 있어 빵 하나를 먹는데도 돈이 아까워 지갑을 닫는 지경에 이르렀지만 술과 가죽에는 돈을 아끼지 않는 시대였다.

우리 조금만 나이 들면 바다에 요트 하나 띄어놓고 영원히 표류하며 살게 될지도 몰라. 어딜 가든 여름만 있는 세상에서 불을 피할 수 있는 곳이라곤 바다밖에 없어서 말야. 그러다가 큰 좌대를 만나면 우린 보게 될 거야. 바다 위에 넘실거리며 떠있는 좌대와 그곳에 우글우글 모여 더 먹을 게 없어 가죽을 뜯어먹고 있는 사람들을 말야. 하수구와 시궁창을 돌아다니는 쥐와 바퀴벌레를 모조리 잡아먹고도 배가 고파서 샤넬을, 고야드를, 프라다를 뜯어먹고 있어.

나는 내 방 침대에 누워 있는 큐에게 말했다. 아니, 외딴 방에 고독하게 잠들어 있는 희재의 전 애인에게, 아니, 로프터스홀 이층에서 카드게임을 하는 앤에게 말했다. 아보림이 나타난 건 이제 더 이상 돌이킬 수 없게 됐다는 걸 말하는 거야. 우리의 여름은 이제 끝났다.

희재는 담배 두 개를 꺼내 버드와 내 입에 물려줬다. 나는 고개를 저었지만 희재는 악마같이 웃으며 라이터를 꺼냈다.

그러나 희재가 아무리 불을 붙이려고 해도 라이터가 켜지지 않았다. 주변에 있던 남자들도 담배를 입에 물고 라이터를 꺼냈지만 불을 붙일 수 있는 사람은 아무도 없었다. 모두 켜지지 않는 라이터를 손에 들고 망연히 서있었다.

밖에서 비가 내려서, 습기가 클럽 안에 가득 차서였을 것이다. 어쩌면 사람이 너무 많은 탓에 산소가 부족해서 였는지도 모른다. 누구의 손끝에서도 불길은 타오르지 않았다. 남자들은 손을 높이 들고 라이터를 딸깍대며 야유를 흘렸다. 누구도 해결해주지 않는데도 켜지지 않는 라이터를 신경질적으로 흔드는 그들을 보자 나는 무서워졌다. 어딘가에서 아보림이 이 광경을 지켜보며 웃고 있을 것 같다는 예감이 들었다. 그리고 내 예상대로 어딘가에서 붉은 눈이 흔들리며 빛나고 있는 게 보였다.

희재가 이 곳 직원과 아는 사이라며 어디론가 사라졌다. 그 사이 남자들의 야유는 더욱 커져갔다. 희재는 어디선가 불을 붙인 라이터를 들고 나타났다.

귀하게 붙은 불이니만큼 희재는 한손으로 소중히 불을 감싸고 있었다. 그러자 야유는 환호 소리로 바뀌었고 남자들은 희재를 위해 길을 열어줬다. 희재는 버드의 입에 물린 담배에 불을 붙여줬고, 주변 남자들에게도 불을 붙여줬다.

희재 손에 들린 불은 얼마 못가 꺼졌지만 각자 불을 옮겨 담은 라이터와 담배를 서로에게 전달하며 빛을 이어나갔다. 곧 그들은 작은 빛을 뿜는 라이터와 담배를 손에 들고 사방으로 흔들었다.

온 사방이 환해졌다. 빨갛게 달아오른 얼굴들이 일렁이며 떠다니는 빛 속에서 번뜩였다. 동시에 희뿌연 연기가 그들을 감쌌다. 내 주위를 가득 에워싼 빛과 연기는 다시 공기를 뜨겁게 달궜다.

그들은 빛을 손에 들고 춤을 췄다. 금방이라도 점멸하며 꺼져버릴 것 같은 위태로운 빛이었다. 그러나 시끄러운 음악 소리에 맞춰 수많은 빛이 흔들렸고 끈질기게 사방으로 번져나갔다. 버드는 내 입에 물린 불이 붙지 않은 담배를 빼어 희재의 입에 물렸다. 희재는 버드의 입에서 불을 받아가 자신의 입에서 연기를 뿜어냈다.

나는 앤이 있는 곳으로 돌아가고 싶었다. 그리고 아보림은 어디로 갔냐고 묻고 싶었다. 매리는 어떻게 됐는지, 왜 앤은 나를 찾아다녔는지 물어야했다.

그러나 얼마 안가 열을 받아 흩어지는 아지랑이처럼 기억 속에서 앤이 흩어져가는 걸 느낄 수 있었다. 오늘이 지나면 나는 앤을 잊게 될 것이다. 평소와 같이 지나쳐왔던 사람처럼, 무심하게, 그의 정체가 무엇인지 깨닫기도 전에, 몇 년 전 어떤 계절에 나는 뭘 했는지 까맣게 잊어버리는 것처럼 앤이 내 안에서 사라질 것을 예감하고 있었다. 그건 내가 끔찍하게 싫어 서둘러 지나쳤던 여름의 기억과 같은 것이었다.

그러나 묘하게 두려움을 띄고 아보림을 바라보던 앤의 시선만은 또렷이 기억하고 있었다. 불기둥이 타오를 때 문신을 일그러뜨리며 질끈 감던 눈도.

모든 게 불타 사라지고 나면 사람들은 이해나 할 수 있을까? 눈 감고, 눈뜨며, 먹고, 마시며, 말을 하는 우리가 인류가 지나온 날들 중 가장 멋진 계절을 분류하고 있었다는 걸. 그 계절을 이렇게 함부로 소비했던 이유가 뭐였는지. 이 땅과 저 땅을 구분 짓고 서로를 동경하게 만드는 까닭이 뭐였는지. 이렇게 좁고 어두운 공간에 이들을 몰아넣고 정신 사나운 음악에 의지하게 만든 시대가 무엇이었는지. 어째서 우리는 이 땅에 뿌리박고 살면서 이 곳과 전혀 무관한 존재인 것처럼 살았던 건지. 불이 모든 걸 집어삼킬 때까지 왜 이런 것들에 기대 방관한 건지.

이미 바깥은 여름의 풍경이 가득했다.

Eternal summer

Eternal summer

*

큐를 생각하면 비참해질 때가 많다. 그렇기에 그처럼 멋진 사람을 내 작은 방안에 뿌리내리게 했을 때의 쾌감은 어떤 것보다 컸다. 난 그를 안심시키기 위해 집을 청소했으며 비품이 모자라지 않게 채웠다.

그러나 항상 화장실이 문제였다. 좁고 한기가 드는 화장실엔 창문 하나 없이 천천히 돌아가는 환풍기만 달려있어 자주 곰팡이가 폈다. 나는 매일같이 화장실 구석구석에 락스를 뿌렸고, 락스를 뿌리고 나면 몇 시간 뒤 모든 게 깨끗하게 사라져 있었다. 단지 그 자리에 약품을 몇 방울 뿌리기만 했는데 즉각적으로 성과가 보인다는 것은 지루하고 지지부진하게 흘러가는 내 일상에 변화를 주는 것 같았다. 게다가 락스는 정말 저렴하기까지 했다.

화장실에서는 늘 락스 냄새가 났지만 큐는 딱히 싫다는 내색을 하지 않았다. 큐는 대학로를 오다니는 사람들 눈에 띄고 싶지 않다고 가끔 화장실에서 담배를 피웠다. 나는 방금 개서 넣어둔 수건에 담배 냄새가 배는 게 싫었지만 큐에게 잔소리를 하지 않았다. 큐는 락스 냄새를 담배 냄새로 덮고 싶었던 것뿐일지도 모른다. 아니, 큐는 내 공간에 침식해 사는 걸 숨기고 싶을 만큼 부끄럽게 여겼던 걸지도 모른다. 많은 생각이 들었기 때문에 나는 큐에게 아무 말도 하지 않았다.

그는 가끔 요리를 하거나 신발장을 정리하는 것 말고는 아무것도 손대지 않고 불만 없이 내 곁에 머물렀다. 어느 날 나는 변덕스러운 마음에 그에게 짜증을 냈다.

배수구에 쌓인 머리카락 정도는 네가 주워서 버려줄래?

무슨 소리야 항상 머리카락은 내가 치웠는데.

큐는 이렇게 말했다. 나는 절대 그럴 리 없다고 말했고 우리는 한참동안이나 배수구에 쌓인 머리카락 문제로 말다툼을 했다. 그러다 내가 눈물을 터뜨렸고 내가 울자 큐도 따라서 울기 시작했다. 나는 그의 크고 밝은 갈색 눈동자가 눈물을 머금는 걸 보고 깜짝 놀라 곧바로 울음을 멈췄다.

그날 나는 큐를 꼭 껴안고 잤다. 큐의 마른 팔을 잡고 얼굴을 부비고 손으로 쓰다듬으며 내 품에서 꺼내지 않았다.

큐는 팔에 쥐가 난다며 불평했지만 나는 움직이지 않았다.

내 지문은 네 살을 뭉구리기 위해 존재하는 거 같아.

이런 말을 하면 큐는 무슨 말인지 이해하지 못했다. 또 어디서 유행하는 말인 거야? 이렇게 되물을 뿐이었다. 어디서도 유행하지 않아. 단지 너를 위해 생각해낸 문장이야. 내가 말했고 큐는 아무 말도 하지 않았다. 큐는 내가 의미를 부여하는 모든 것들을 헐겁게 만들어 버리는 사람이었다.

환기를 자주했다. 원룸 안에 사람이 둘이나 옷을 벗고 누워있으면 금방 이곳저곳에 체취가 뱄다. 큐의 냄새를 싫어하는 건 아니었지만 가구가 방 안 면적의 대부분을 차지한 공간에서 체취가 나기 시작하면 나 스스로 어딘가에 틀어박혀 사는 짐승이 된 것 같은 기분이 들었다.

환기를 하면 습도 때문에 금방 더워졌고 또다시 에어컨을 틀어야 했다. 전기세는 저번 달보다 두 배 이상 많이 나왔다.

큐가 나와 같이 살기 시작한 이후로 모아놓은 저금이 빠르게 바닥나기 시작했다. 학기가 끝난 여름방학을 맞이해 나는 새로운 일을 구했고 큐는 그대로 집안에 있었다. 큐는 종종 장을 보고 나서 내가 좋아하는 반찬을 해 냉장고에 채워놓고 나면 할 일을 다 했다는 듯 뿌듯해하며 침대에 누웠다. 그리고 또다시 티비를 켰다.

그해 여름도 몹시 무더웠기 때문에 나는 비 오는 날을 좋아했다. 우산을 쓰고 사방에서 튀는 비를 팔다리에 맞으며 걷는 출근길을 좋아했다. 출근 시간보다 조금 더 일찍 나와 가로수가 많은 길을 골라 걸으며 비가 풍부하게 부풀어놓은 풀냄새를 맡으며 걷는 날들이 많았다. 신발이 젖은 채로 매장을 들어가 바닥을 닦는 과정이 수고롭게 느껴지지 않았다. 아직 초여름이었다.

이외의 날들은 정말 무더웠다. 나는 지면이 이글거리는 거리를 몇 번이나 오다니며 자취방을 부족하지 않게 채웠다. 그러나 또 어느 날은 심술이 나 내 카드를 들고 장을 봐온 큐에게 장바구니에 있는 소주병을 꺼내며 비아냥거리기도 했다.

너 돈 많냐?

그 말에 큐는 웃음을 거두고 냉장고 정리를 했다. 그리고 문을 열고 밖으로 나가 한참이나 돌아오지 않았다. 나는 화가 나서 에어컨 바람을 쐬고 있다가 그가 지갑도 챙기지 않았다는 사실이 떠올라 밖으로 나갔다. 큐는 멀지 않은 곳에 있었다. 큐는 교회 앞 벤치에 몇 시간이고 앉아있었다. 나는 그 옆에 앉았다. 나를 아는 사람들이 근처를 지나다 반갑게 내게 인사했다. 그러자 큐는 획 일어나 자취방으로 돌아가 버렸다.

큐는 일을 구했다. 집에 용돈을 보내달라고 말하면 금방 해결될 일이었지만 큐는 나와 살 때 가족들에게 연락을 하지 않았다. 큐는 이전까지는 아무렇지 않게 엄마 명의의 신용카드를 썼지만 나를 만나고 나서부터는 체크카드를 썼다. 연상의 전 애인들에게 선물 받은 값비싼 시계와 가방, 지갑도 나를 만나고 나서 들고 다니지 않았다. 내 애인이 되기로 결심한 순간부터 그가 빈곤해지기로 한 이유를 난 알 수 없었다. 난 전 애인들이 준 선물들을 아무렇지 않게 큐를 위해 썼다. 노트북, 선풍기, 컵, 냄비, 체크남방, 전기포트, 섹스할 때 켜두는 조명까지...

학점을 따기 쉽다는 얘기를 들어 가까스로 수강신청에 성공한 교양 수업엔 다양한 학과의 학생들이 있었다. 수업내용은 일관되지 않았고, 대게 아무렇게나 조를 짜서 우스꽝스런 춤을 추거나 무언극을 하면서 두 시간을 보냈다. 예술대학에 모인 학생들이 머리를 맞대면 뭔가 특별한 게 나올 것 같았는데 그것도 아니었다. 여느 대학처럼 교양수업은 대충 시간을 때우다가 친구를 사귀고 싶은 사람들로 가득했다.

그건 나도 마찬가지였고 같이 조가 된 사람들에게 전공을 물어보며 자연스레 말문을 텄다. 영화과 두 명과 연극과 한 명, 실용음악과가 한 명 있었는데, 연극과를 제외하곤 말이 잘 통했다. 마침 그들에게 번호를 물어보려던 차에 교수가 다시 다른 사람들과 조를 짤 것을 지정했다. 몇 번이나 조를 다시 짜니 나중에는 되레 모두와 서먹해지고 말았다.

"여러분 우리는 오늘 친구를 사귀러 온 게 아니에요. 여기서 우리가 해야 할 건 서로의 형태를 나누는 것입니다."

교수는 긴 백발을 단정하게 묶었고 소매가 너덜너덜한 옷을 입고 있었다. 안경은 매우 작고 동그래서 오히려 시야를 가릴 것 같다는 생각이 들었다. 나는 옆 사람에게 그가 어떤 전공의 교수인지 물었다. 옆 사람도 모른다고 답했다. 이 수업에서 강의계획서를 제대로 읽어보고 온 사람은 없었다.

"말이란 건 나를 포장하는 도구입니다. 우린 지금부터 서로 대화하지 않고 함께 극을 만들어볼 거예요."

나와 같은 조가 된 사람들은 당황한 채로 서로의 얼굴을 바라봤다. 다른 조들은 벌써 깔깔 웃으며 서로에게 과장된 몸짓을 보내고 있었다. 어물쩍 서있는 나를 무용과 학생이 건드렸다. 그는 간단한 동작으로 춤을 췄다. 나도 어색하게 그를 따라했다. 그러자 같은 조 학생들이 모두 그를 따라하기 시작했다. 가장 쉬운 방법이었다. 우리를 본 다른 몇몇 조 학생들도 서로의 춤을 모방했다. 하나의 동작인데도 팔과 목의 각도, 다리의 리듬감, 손가락 길이가 달라 다른 동작처럼 보였다.

어떤 연기과 학생들은 동물 흉내를 냈다. 더불어 울음소리까지 흉내 냈다. 낙타와 타조 연기가 가장 따라 하기 쉬워 강의실 안에 수많은 낙타와 타조를 생성해냈다. 그중 거북이, 혹은 나무늘보였을지도 모를 동물이 가장 인기가 많았다. 나는 바위 위에서 일광욕하는 도마뱀을 흉내 내고 싶었지만 잘 되지 않았다. 몇몇은 물가로 나온 오리로 오해해 나를 따라 힘겹게 오리걸음을 했다.

그런 우리를 보며 교수는 보라색 책을 펼쳐 들고 읽기 시작했다.

"우리는 사막입니다. 하지만 여러 부족들과 여러 동식물군으로 가득 찬 사막이지요. 우리는 이 부족들을 정렬하고, 그들을 다른 식으로 배치하고, 그 중 일부는 제거하고 또 다른 일부는 잘 번성하도록 해주면서 시간을 보냅니다. 이 모든 거주자들, 이 모든 무리들은 우리의 금욕 자체인 사막을 훼손하지 않으며, 오히려 사막에서 살고 사막을 거쳐 가며 사막 위를 지나가지요."

나는 힐긋 교수가 읽는 책을 훑어봤다. 질 들뢰즈에 관한 책이었다. 전공수업 때 질리도록 배우는 그 들뢰즈였다.

우리가 마침 동물 흉내에 열중하고 있었던 게 준비해 온 멘트에 운 좋게 들어맞았던 건지도 몰랐다. 아니면 수많은 짐승들이 강의실 안을 날뛰는 걸 보고 마침 생각난 구절을 교수가 따라 읽었던 걸 수도 있다. 그 후로 나는 사막이라는 배경에 꽂혀 계속 전갈이나 미어캣 같은 걸 따라했지만 아무도 내 움직임을 이해하지 못했다.

이런 바보 같은 모습을 큐가 보지 않아서 다행이라 생각했다. 그러나 큐가 보지 않아 마음껏 바보처럼 굴 수 있어서 다행이었다.

"자기 자신에 대한 실험인 사막은 우리의 유일한 정체성이며,

---

* 질 들뢰즈/클레르 파르네. (2021). *디알로그*. (허희정/전승화, 역). 동문선 (1977)

우리 안에 깃든 모든 조합에 대한 단 한 번의 기회입니다."

교수는 이 말로 수업을 끝맺었다. 그 누구도 교수가 읽은 책을 궁금해 하지 않고 서둘러 강의실을 나갔다. 오늘 학식 돈까스 먹을까? 강의실을 마지막으로 빠져나온 무용과 학생이 한 말이었다.

같은 조가 됐던 보컬 전공 친구와 친해져 각자 다른 전공의 친구를 소개하는 자리를 마련했다. 장소는 보컬 전공 친구의 자취방이었다. 그의 자취방 평수는 8. 좁은 공간에 다양한 괴짜들이 옹기종기 모여 게임을 하거나 대화를 나눴다. 주로 우리가 했던 게임은 몸으로 사물이나 아티스트를 표현하는 거였다. 몸을 잘 쓰는 사람이 없었던지라 폭소가 이어졌고, 주로 쇼미더머니에 나오는 래퍼들을 따라할 때 가장 큰 폭소가 터졌다.

이후로 몇 번 더 조촐한 파티가 열렸고 술을 좋아하는 사람이 많지 않아 파티는 술 없이 진행됐다. 그리고 파티의 마지막은 항상 실용음악과 친구들의 즉석 연주로 마무리됐다. 실용음악과 친구들은 자취방에 마련돼 있는 몇 가지 악기와 장비들로 즉흥 작곡을 했다. 대충 건반을 두드려도 아름다운 곡이 만들어 졌으나 그들은 항상 엉망으로 노래를 불렀다. '무늬 오징어'를 무한 반복하거나 '월다방 라떼는 느끼해'같은 가사를 흥얼거렸으니까. 월다방은 학교 앞에 있는 카페였고 정말 카페라떼가 느끼했다.

그 중 말수가 적은 남자애가 하나 있었다. 그는 덩치가 컸지만 팔이 말랐고 귀가 작았다. 나는 말수가 먹은 남자애에게 자주 말을 걸었고 그가 드럼을 친다는 사실을 알게 됐다.

나는 그를 샤이 드러머라고 핸드폰에 저장했다. 그리고 가끔 그와 연락했으며 큐에게 몇 번 들키기도 했지만 큐는 아무렇지 않은 척 했다.

큐는 밖에서 내가 자신과 만나는 걸 티내지 않기를 바랐다. 그렇기에 샤이 드러머는 내가 애인이 있다는 사실을 모를 수밖에 없었다.

나는 샤이 드러머와 자주 산책했다. 샤이 드러머는 가끔씩 내 손을 잡고 싶어 했고 나는 사람들이 보지 않는 곳에서 그의 손을 잡아줬다. 그러나 날이 더울 때면 금방 그의 손을 놓아버렸다. 그는 내가 좋아하는 영화를 함께 봐줬고, 영화의 어떤 점이 인상적이었는지를 몇 시간이고 함께 토론했다. 그는 월다방에 앉아 느끼하고 맛없는 커피를 마시며 내 과제가 끝나길 기다려주기도 했다. 내가 수많은 과제에 골머리를 앓고 있을 때면 아포가토를 사와서 내 입에 떠먹여주기도 했다. 그 카페에 큐와 두세 번 정도 갔었지만 큐는 한 번도 내게 커피를 사준 적이 없었다.

사람들은 샤이 드러머가 내 애인일 것이라 생각했다. 그러나 나는 그를 한 번도 연인으로 생각한 적이 없었다.

종강이 다가와 전처럼 샤이 드러머를 자주 만날 수 없었다. 유진 오닐이나 외젠 이오네스코의 극을 재해석해 연극을 준비하는 게 연기과, 연극과의 기말 과제였고 정체 모를 영상을 찍어 자기들만의 상영회를 여는 게 영화과의 기말과제였다면, 실용음악과는 각자 팀을 꾸려 재즈 공연을 했다. 샤이 드러머도 팀을 꾸려 재즈 공연 연습에 몰두하고 있었다.

무용과나 방송과, 미술과도 여러 공연과 전시를 준비했다. 그밖에 개그 동아리들이 개그 콘테스트를 열기도 했고, 학교 중앙부에서 거대한 탈을 쓰거나 한복을 입고 탈춤을 추고 있는 이들도 자주 볼 수 있었다.

예술대학에서 기말이란 수많은 볼거리가 생기는 축제기간이었다. 누구도 즐거워하거나 들떠있지 않은, 관객 없이 광대들로만 가득한 축제였다. 대부분의 학생들이 눈 밑에 짙은 다크써클을 달고 터덜거리며 교내를 걸어 다녔다. 그에 비해 일곱 장 정도 분량의 단편 소설 하나와 시 한 편을 제출하는 게 다였던 문예창작과의 기말과제는 조금 시시해 보였다.

이때 여러 과의 다양하고 많은 공연을 얼마나 볼 수 있는지는 그간 인맥을 어떻게 잘 관리해 왔느냐로 갈렸다. 여러 과의 다양한 친구들과 좋은 관계를 유지하고 있어야만 그들에게 초대를 받고 공연과 전시를 보러갈 수 있는 기회가 생겼다. 그게 아니면 주변으로부터 언제 어떤 공연이 열리는지 정보를 듣거나 학교 앞 식당이나 카페 벽면에 붙어있는 공연 포스터를 보고 일정을 알아내야 했다. 그러나 대부분 공연은 우리가 알지 못하는 사이에 티켓팅이 끝나있었다.

샤이 드러머가 준비하는 재즈 공연은 음악인들에게 꽤나 이름이 알려져 있었기 때문에 공연티켓을 구하기가 쉽지 않기로 유명했다. 나는 샤이 드러머에게 초대권을 한 장 선물 받았고, 파티를 함께 열었던 보컬전공 친구에게도 초대권을 선물 받아 버드와 함께 공연을 보러갈 수 있었다. 큐에게 함께 가지 않겠냐고 넌지시 물어봤지만 큐는 대답하지 않았기 때문이었다.

나는 공연 이십 분 전에 학교 안에 있는 공연장에 도착해서야 꽃을 사오지 않았다는 사실을 깨달았다. 수많은 사람들이 줄 지서 서있었는데 대부분 손에 꽃이나 케이크, 선물을 들고 있었다. 샤이 드러머에게도 보컬 전공 친구에게도 줄 선물이 없었다.

버드도 빈손으로 왔다. 버드는 내게 초대장을 받았을 뿐이지 아는 친구가 없었다. 나는 부끄러워졌다. 공연이 끝나고 그들에게 어떤 축하 멘트를 날릴지 미리 준비하며 안으로 들어갔다.

공연장은 꽉 찼고, 제시간이 되자 오래 지체하지 않고 곧바로 재즈 공연이 시작됐다. 여러 팀이 무대에 올랐다가 내려왔다. 그 중엔 나와 함께 우스운 게임을 하며 놀았던 친구들과 즉석에서 노래를 작곡해 엉망으로 불러대던 친구들도 있었고, 샤이 드러머와 보컬 전공 친구가 있었다.

공연이 끝나고 나와 버드는 황홀하고 슬픈 기분으로 공연장을 나와 재빨리 집으로 돌아왔다. 친구들이 나오길 기다리지도 않았고 그들에게 연락을 남기지도 않았다.

돌아가는 동안 나와 버드는 거의 대화를 나누지 않았다. 갈림길에서 우리는 건조하게 인사하고 돌아섰다. 나는 곧장 집으로 돌아가지 않고 밤길을 걸었다. 한 시간정도를 걷다 보니 커다란 초록색 육교가 보였다. 나는 그 위로 올라가 차들이 질주하는 도로 위에 섰다.

전날은 내가 제출한 소설을 합평하는 날이었다. 교수와 학생들은 내 소설의 빈약한 개연성을 지적했고 내가 만든 모든 문장을 해체하고 난도질했다.

그들은 이해할 수 없는 모든 전개에 대한 해명을 요청했다. 나는 할 말이 없었다. 그들이 한 말이 모두 옳았기 때문이다.

밤이었는데도 열기가 가시지 않아 육교 위가 뜨거웠다. 나는 지나다니는 차들이 몇 대인지 세어보다가 길가에 있는 가로등으로 시선을 돌렸다. 하얀 꽃가루 같은 빛이 가로등 근처를 떠다니고 있었다. 날벌레들이었다. 나는 가슴 안쪽이 근질거리며 죄어오는 걸 느꼈다. 내 안에서 무언가가 부글거리며 날뛰고 있었다. 하지만 이건 말로도 튀어나오지 않고 글로도 정리되지 않는다는 걸 알고 있었다. 이제 막 부화한 여름곤충이 마음속 벽을 갉아먹고 있었다.

나는 한참을 더 밖에서 헤매다 자취방으로 돌아왔다. 그곳에서 큐가 자지 않고 나를 기다리고 있었다. 테이블 위에는 새빨간 장미 한 다발이 있었다.

큐가 말했다.

잘 마무리하고 왔어?

나는 그를 있는 힘껏 껴안았다. 큐도 나를 끌어안았다. 우리는 함께 침대 위로 쏟아졌다.

비가 오는 날이었다. 큐는 내게 김치전을 부쳐줬다.

큐는 김치전을 찢어서 내게 먹여주며 내가 처음 듣는 노래를 흥얼거렸다.

네가 없는 날 비는 쓸쓸해. 비는 쓸쓸해.

나는 큐가 좋아하는 노래를 전부 알고 있다 생각했다. 큐는 가사가 잘 생각나지 않는지 한 구절만 불러댔다.

네가 없는 날 비는 쓸쓸해.

나는 잠옷을 벗어 던지고 큐 위로 올라탔다. 살이 쪄서 접히는 뱃살을 그가 손가락으로 쿡쿡 찔러댔다. 나는 그의 정수리를 깨물었다.

악!

큐가 내 옆구리를 손으로 찰싹 때렸다.

너 때문에 죽었어.

나는 자리에서 일어나 커튼을 활짝 열어 창문을 열었다. 빗소리가 방 안으로 들어왔다. 나는 바지를 벗은 큐에게로 갔다.

비는 쓸쓸해. 쓸쓸해.

우리는 몇 번이나 몸을 뒤집었다. 창을 두드리는 소리와 몸을 부딪치는 소리가 철썩이며 귓바퀴로 들어오고 나는 발가락을 오므렸다 폈다. 나는 무심코 큐의 옆구리를 잡으려다가 손가락이 꺾이고 말았다.

아야!

내가 비명을 지르자 빗소리도 멈췄다. 잠시 뚝, 그쳤다가 내가 손가락을 감싸자 비가 다시 쏟아졌다. 큐는 나보다 더 놀라서 땀에 젖은 등을 내어주며 병원에 가자고 했다.

이 상태로 병원에 가면 정신병원에 보내질 거야.

나는 그의 등을 때렸다. 큐는 내게 옷을 입히고 자기도 급하게 옷을 주워 입었다. 그리고 나를 부축해 밖으로 데리고 나가 택시를 잡았다. 이때 나는 은밀한 비밀을 하나 더 갖게 된다. 큐는 노팬티다. 그의 팬티는 집 안 어딘가에 홀로 남겨졌다.

어느새 비는 폭우로 변해 거센 물줄기가 바람에 따라 이리저리 흔들렸다. 도시 위를 빼곡하게 차지한 빗줄기는 화가 난 거인처럼 물이 고인 바닥을 철썩철썩 밟아댔다. 덕분에 빗물이 사방으로 튀었다. 우리는 우산을 쓰고 택시에 탔는데도 흠뻑

젖어 있었다.

차가 흔들릴 때마다 고통이 선명해져 속이 울렁거렸다. 나는 뒷좌석 창문을 열었다.

비가 들어오잖아!

택시기사가 소리 질렀다.

통증을 잊으려면 비를 맞아야 해서요.

큐는 나를 위해 둘러댔다. 나는 상관 않고 얼굴로 비를 맞았다. 택시는 공사 중인 도로로 들어섰다. 길에는 임시로 덧대놓은 철판이 늘어서 있었다. 차들이 철판을 밟는 소리가 웅웅웅 울렸다. 아니 지이잉 울었나. 철판이 내는 소리에 비하면 후드득거리는 빗소리는 어린아이가 징징대는 것 같았다.

비는 쓸쓸해. 비는 쓸쓸해.

나는 노래를 흥얼거리며 병원에 도착했다.

우리는 새벽에야 집에 돌아와서 서로를 껴안았다. 내 손가락에는 붕대가 칭칭 감겨 있었다. 우리는 불 꺼진 방 안에서 Doja Cat의 'Freak'에 맞춰 춤을 췄다.

그러다 배가 고파져서 우리는 소파에 엎어져서 낮에 먹다만 김치전을 나눠 먹었다. 나는 배가 불러지자 나른해진 팔다리를 큐의 몸 위에 아무렇게나 늘어뜨렸다. 큐가 내 갈비뼈 쪽으로 고개를 들이밀었다. 나는 큐의 눈썹뼈를 손가락으로 더듬다가 그의 속눈썹을 잡아당겼다. 큐가 양손으로 두 눈을 가린 채로 말했다.

언제나 너와 맛있는 걸 먹고 싶어.

하지만 안돼.

왜.

너도 여름을 느껴야지.

그 때의 난 내가 겪을 수 있는 인생 최고의 연애를 포착하고 있는 중이었을까? 아니면 누군가의 단편집에도 실리지 못할 따분하고 평범한 연애를 하고 있는 중이었을까. 이왕이면 장편소설이, 출간할 수 있을 만한 특별한 사랑이 될 수 있다면 좋을 텐데 내 이야기는 긴 분량을 차지할 만한 게 아니었다. 어쩌면 내 인생의 모든 사랑과 열정을 가져와 나열해도 모자랄지 몰랐다.

친구의 자취방 앞에서 기다리던 계절의 첫 냄새를 맡았을 때의 벅차오름과 기억해뒀던 맛집을 사랑하는 사람과 찾아가 메뉴를 추천하는 순간, 동경하는 아티스트의 신작이 주던 기쁨과 아쉬움, 내게 필요 없는 것들을 모으고 이것이 나라고 우길 수 있는 뻔뻔함과 번번이 가지고 싶은 것을 놓치곤 그 다음을 기약하는 용기와 민망한 일도 웃어넘길 수 있는 넉살을 자랑스러워하는 나이, 그런 내가 사랑해마지 않던 것들의 조합, 반대로 끔찍하게 싫었던 계절, 버텨야 했던 열기, 궁색함에 얼굴 붉히던 시기와 재능을 열렬히 좋아하고 질투했던 나날들을 아무리 아무리 주절거려도 이야깃거리가 되지 못할 그런 삶을 내가 살고있는 거라면. 나는 도대체 어디에 발 담가 살아야 하는 걸까?

미지근한 온도와 축축한 습도에 파묻혀 있지만 숲조차 되지 못한 사막. 아무것도 품지 못하고 모든 부족들을 쫓아내버린 그냥 삶. 그런 사막을 걷고 있는 나는 결국 어디에 가닿으려 했던 걸까.

우리는 그저 그렇게 헤어졌다. 우리의 연애는 그렇게 아름답지도 예술적이지도 않았다. 하지만 나는 큐를 회고할 때마다, 큐가 유의미하게 있었던 그 모든 일상에서 우리가 영화처럼 서로 열렬히 사랑했던 때가 있었을 거라 믿었다. 또, 큐를 숨기고 있는 이 도시는 언제고 나와 큐를 안고 더운 숨을 쉬다가 어느 순간 내가 그를 필요로 할 때 땅 아래로 토해내 그를 내게 데려다줄 것이라고 아직도 믿고 있다.

Eternal summer

유령들

Eternal summer

*

나는 숨을 게워내기 위해 밖으로 나왔다. 길거리는 여전히 추적추적 비가 내리고 있었고 습기로 가득 차 있었다. 여름밤은 비가 쏟아지고 태양조차 사라진지 오래였는데도 달아오른 열기를 주체하지 못했다. 나는 손으로 부채질을 하며 편의점으로 향했다. 부채질하는 손짓에 빗물이 내 얼굴에 튀었다. 이 나라의 날씨가 지겨워질 지경이었다.

나와 다른 사람들이 편의점에 들어서자 직원은 무신경한 얼굴로 우산이 떨어졌다 말했다. 편의점 안이 서늘했다. 나는 한참을 진열대를 열었다 닫았다 하며 그 앞을 서성였다.

찬바람이 획획 쏟아질 때마다 키도가 내 근처에 있는 것 같은 기분이 들었다. 얼음 잔을 진열한 냉장고처럼 서늘한 몸을 갖고 있던 키도. 그는 이 지겨운 계절을 혼자서 돌파해낸 것 같은 차가운 선풍을 분명히 쥐고 있었다.

열이 나는 게 아닌가 싶을 정도로 몸이 뜨거웠다. 비를 맞아 감기에 걸린 걸지도 몰랐다. 편의점 거울로 화장이 들뜬 얼굴이 적나라하게 보였다. 립스틱이 지워져 입술이 창백했다. 나는 주머니에서 립스틱을 꺼내 발랐다.

그때 누군가 나를 당겼다. 버드였다.

"물 마실 거야?"

버드는 냉장고에서 물 두 개를 꺼내며 말했다. 나는 고개를 끄덕였다.

"언제 온 거야?"

"너 나가길래 따라왔지."

버드는 내가 나오기 직전까지 희재와 클럽 구석에서 춤추고 있었다. 그런데도 버드는 아무렇지 않게 내 곁에 있었다. 버드의 행선지는 늘 종잡을 수 없었지만 한 가지만은 확실했다. 언제나 나보다 빨랐다는 것이다. 버드는 나보다 일찍 편의점에 와있었던 것처럼 이미 골라온 물건들을 손에 들고 있었다.

버드는 담배와 물과 사탕을 계산하고 아이스크림 냉동고에 몸을 기댔다. 나는 버드가 건넨 물을 마셨다. 시원한 감각이 식도를 타고 흘러내렸다. 술로 달궈진 목구멍이 차가워졌다. 버드는 담배를 꺼내 입에 물었지만 불을 붙이진 않았다. 그저 물고만 있었다. 나는 버드가 준 사탕을 입에 물었다.

편의점 직원이 담배는 나가서 피라고 소리쳤다. 버드는 어깨

너머로 고개를 돌려 입에 물린 불이 붙지 않은 담배를 보여줬다. 그러나 직원은 나가라는 말만 반복했다. 우리는 신경 쓰지 않고 냉동고에 기대 서있었다. 버드가 입을 열었다.

"키도는 어디 갔어?"

"왜 자꾸 키도를 찾는 거야?"

"키도는."

나는 버드의 얼굴을 바라봤다. 버드는 무심하게 냉장고에 비친 자신의 모습을 보고 있었다.

"큐보다 낫잖아."

순간 나는 숨기고 싶었던 비밀을 간파당한 것처럼 부끄러움에 얼굴이 빨개졌다.

나는 몇 번이나 입을 열고 다물었다가 고르고 골라 말을 토해냈다.

"너나 잘해."

버드가 인상을 찌푸리며 나를 바라봤다. 가장 들키고 싶지 않았던 치부를 들킨 기분이었다. 나를 발가벗긴 만큼 버드도 비슷한 부끄러움을 느껴야 했다.

"너 여전히 진한테 디엠 보내냐? 어차피 읽지도 않지?"

그러나 버드는 아무렇지 않게 어깨를 으쓱했다. 아이스크림을 고르고 싶은 취객이 주변을 서성거렸지만 우리는 꼼짝 않고 서있었다.

"그거 알아? 네 친구들 진짜 한심해."

"저, 빠삐코 좀 꺼내 줄래요."

취객이 말을 걸었지만 나는 무시하고 말을 이어나갔다.

"걔들이 그깟 약하는 게 대단해 보여?"

"비켜봐요, 아이스크림 좀 사게."

"그리고 지금 남친한테 쩔쩔매면서 이 자리에 있는 것도."

"빠삐코는 없는 거 같은데 탱크보이나 꺼내주세요."

취객이 손가락으로 탱크보이를 가리켰다. 나는 비켜섰다. 버드는 움직이지 않았다.

예전에 버드는 본 적 있었다. 내가 방 안에 틀어박혀 고통스럽게 눈물 흘릴 때 다른 여자들과 함께 웃고 있었던 큐를. 그것도 여러 번이었고 큐는 항상 여자와 있었다. 그는 술에 취해 있었다고 버드가 말했다.

내 인생에서 큐만큼 특별했던 사람은 없었지만 사실 큐에게 난 그다지 특별한 사람이 아니었을 것이다. 그렇다고 떼써서 그에게 나를 특별한 사람으로 각인시킬 수는 없었다. 그는 이미 나를 떠났으니까. 나도 알고 있었다. 환원되어야 할 슬픔 따위는 없다. 내가 가진 그리움과 습관적으로 하는 망상은 정당한 게 아니었다.

나는 도망치듯 편의점을 나왔다. 버드가 금세 나를 따라잡을 것 같아 빠른 걸음으로 쏟아지는 비를 뚫고 걸었다. 걷는 동안에도 비는 변덕스럽게 내렸다. 나는 눈앞을 가리는 앞머리를 쓸어 넘겼다. 머리가 완전히 젖었다. 비를 피할 곳이 없어 테이블을 정리하고 있는 술집 처마 밑에 섰다. 그리고 머리를 감싸 안고 자리에 앉았다. 얼마 뒤에 익숙한 신발이 내 앞에 섰다. 우산을 쓴 버드가 내 앞에 있었다.

"우산은 어디서 구했어?"

"팔던데?"

나는 허탈해져서 자리에서 일어나 버드가 씌어주는 우산에 고개를 넣었다.

"모델이나 다시 해보는 게 어때?"

뜬금없는 소리였다. 버드가 하는 말은 맥락에 상관 없는 말이 많았다.

"키도는 모델이니까 연줄이 닿을지도 몰라."

"키도는 이제 됐어."

"너 모델 알바 할 때 괜찮았는데."

"나랑 어울리지도 않았어."

"너한테 가장 안 어울리는 게 뭔지 알아?"

걸어가는 우리를 보고 야외 테이블에 앉은 남자들이 손짓했다. 그들은 비를 고스란히 맞고 있었다. 테이블에 놓인 접시엔 물이 고여 있었다. 술잔에도 빗물이 가득 차 넘치고 있었다. 버드는 그들에게 욕을 했다. 남자들은 창백해진 얼굴로 알 수 없는 말을 지껄이며 지나가는 여자들에게 계속 손짓했다.

"술이야. 그 거지 같은 립스틱하고."

비를 맞아 술이 깬지 오래였다. 나는 손바닥으로 입술을 닦았다.

"생각해보니 우리 추리닝에 밑창 빠진 신발은 신고 갔어도 쌩얼로 클럽 간 적은 없지 않아?"

버드는 잠시 고민하다가 대답했다.

"그렇네."

우린 말없이 희재가 있는 클럽 앞을 지나쳤다. 비 오는 하종진 거리를 걸으며 나는 끝없이 어떤 생각들을 했고 버드는 핸드폰을 들여다봤다. 가만히 있는 것보단 춤추는 게 나았고, 어쩔 땐 춤추는 것보다 걷는 게 더 나았다.

가로등 아래 모여 있는 외국인 중 하나가 버드를 보고 반갑게 인사했다. 버드는 그를 모르는 눈치였다. 그는 아무렇지 않게 버드의 어깨를 잡고 몇 마디 말을 건넸다. 그리곤 자기 무리로 돌아갔다.

우리는 골목을 돌면서 계속 무언가와 마주쳤지만 서로에게 말을 걸지 않았다. 취객이 바닥에 주저앉아 구토를 하고 있는 걸 보면 다른 길로 돌아갔고, 아는 체하며 눈을 마주쳐오는 사람들이 있으면 원래 알던 사이처럼 친근하게 욕을 했다. 너무 오래도록 희재를 혼자 둔 게 아닌가 하는 생각이 들었다. 그러나 우리를 찾는 전화는 오지 않았다.

"나 유키랑 싸웠어."

버드가 입을 열었다.

"알고 있어."

"아니, 최근에 말야."

"연락한 적 있어?"

"응."

새삼스럽게 버드가 내게 숨기는 게 있었다는 사실에 기분이 나빠졌다. 애인에 관해 아무리 거짓말을 해도 화가 나지 않았던 건 버드나 나나 서로 진심을 잘 알고 있기 때문이었다. 큐를 생각할 때마다 궁색해지는 나를 버드가 이미 눈치채고 있었던 것처럼.

"유키가 변한건지 원래 그랬던 건지는 모르겠어."

버드는 말을 이어나갔다.

"오랜만에 만났을 때, 이번에 배역을 따내서 연기까지 하게 됐다고 자랑했어. 그래서 내가 말했어. 나는 곧 호주로 떠날 거라고. 그랬더니 나한테 갑자기 불같이 화내던데."

"호주로 간다고?"

"응."

"왜 나한테 말 안했어?"

"지금 말하잖아."

"왜 나한테 먼저 말 안 했어?"

나는 갑작스럽게 화가 터져 나올 것 같은 걸 꾹 참고 말했다. 빗줄기가 얇아지고 열대야가 펼치는 기분 나쁜 열기가 주변을 물안개로 감쌌다. 길거리에 있던 여러 소음이 물안개에 짓눌려 우리에게서 멀어졌다. 버드는 잔기침을 했다.

"당장은 아니야."

습기 때문에 공기가 무거웠다. 나는 피로함을 느꼈다.

"호주는 왜 가는 거야?"

"영어공부 하려고."

"취직하게?"

버드의 기침이 계속됐다. 나도 목이 간지러웠다. 물안개는 점점 더 짙어져 시야마저 가렸다.

"나 영어로 된 글을 써보고 싶어."

버드가 말했다. 나는 웃었다. 진심으로 웃었다.

"평소에 글도 안 쓰는 네가 영어로 글을 쓴다고?"

"…"

"너 사실 책 싫어하잖아. 졸업하고 글 한 줄이라도 쓸까?"

"……"

"네가 다른 데로 간다고 해서 금방 적응할 거 같아?"

명백한 비아냥거림이었지만 나는 후회하지 않았다. 그 순간 만큼은 진심이었기 때문이다.

지금의 삶도 똑바로 살지 못하면서 다른 땅에서는 고귀하게 살 수 있을 거라고 착각하는 이들, 정확히 말하자면 도피에 대한 환상을 품고 있는, 난 그런 이들을 정말 싫어했다.

그러나 더 싫은 건 망상에 그치지 않고 그걸 행동에 옮길 수 있는 이들을 봤을 때 내가 느껴야 했던 열등감이었다.

오로지 자력으로 작은 자취방을 구해서 아등바등 살아야 했던 내가 있었고 부모님이 구해준 자취방에서 살고 있는 버드가 있었다. 계약이 만료되면 나는 새로 살 집을 찾아야 했고 버드는 서울에 있는 부모님 집으로 돌아가면 됐다. 내 자취방은 서울에서 한참 떨어진 곳이었지만 버드는 서울 밤거리를 헤매다가도 금방 택시를 타고 돌아갈 곳이 있었다. 해외여행을 가기 위해 나는 몇 달을 일해야 했고 버드는 집에서 용돈을 받았다. 함께 점심을 먹으러 갈 때 나는 팔천 원과 구천 원 메뉴 사이에서 고민을 했고 버드는 아빠가 준 카드를 썼다.

나는 항상 버드에게 화가 나 있었다. 버드의 삶에서 궁핍이란 멀고 먼 개념이었다. 마치 판타지 영화를 보듯 버드는 모든 걸 방관할 수 있었다. 버드는 언제나 밝은 빛에 휩싸여 있는 것 같았고 어디든 날아갈 수 있었다.

나는 물안개 속에서 방향감각을 잃어갔다. 어디를 걷는지 몰랐지만 그대로 버드가 향하는 방향을 따라갔다.

'큐 지금 여자랑 있는데?'

버드가 큐의 사진을 보냈을 때 나는 정신이 나가 큐에게 전화해 저주를 퍼부으려다가 그냥 이불을 덮고 엉엉 울어버렸다. 큐와 내가 이별한지 일주일도 안돼서 있었던 일이었다.

가끔씩 나는 큐가 적어도 나 때문에 한 달은 더 울 거라고 생각하며 매우 유쾌하게 하루를 보냈고, 큐가 나를 영영 잊었을 거라 생각해 비참한 기분에 사로잡혀 아무것도 하지 않으면서 시간을 보냈다. 그러다 큐를 원망하고 미워하며 시간을 쓰는데 익숙해져 버리고 말았다. 내가 온전히 가져야 할 내 몫의 하루를 잃어버리고 만 것이다.

나는 버드가 이곳을 떠나는 게 당연하다는 걸 알고 있었다.

"희재도 걔를 생각하겠지?"

나는 만취해 몸을 가누지 못하는 희재를 부축하며 말했다.

"지금 취했으니까 물어봐."

"그것보다 너도 거들어."

버드는 희재의 팔을 잡는 척만 하고 힘주지 않고 걸었다. 비는 그쳤지만 이미 셋 다 쫄딱 젖은 탓에 택시 몇 대가 우리 앞을 지나쳐 가는 걸 지켜봐야 했다. 우린 가장 가까운 모텔까지 걸어가기로 했다.

"큐 말이야."

내가 말했다. 버드는 눈썹을 치켜 올리고 대답했다.

"응."

"큐랑 있었던 여자들 말야, 예뻤어?"

"어, 예쁘더라."

"얼마나?"

"큐가 잘생기긴 했지."

"나보다 너 예쁜 애들이었어?"

"이제 와서 그딴 걸 왜 물어."

"그래서 날 그렇게 빨리 잊은 걸까?"

"글쎄."

"큐가 내 생각하긴 할까?"

"죽어도 안 하지."

"난 다시는 큐보다 잘생긴 애는 못 만날 거야!"

"야, 희재야. 너 러시아 가고 싶냐?"

버드가 말하자 희재는 고개를 저으며 소리쳤다.

"개새끼!"

희재의 눈에서 눈물이 쏟아졌다. 나도 함께 울고 싶어졌지만 다음날 버드가 놀릴 게 뻔했기 때문에 참았다. 그러나 희재를 따라 우는 건 버드였다.

버드는 걷다 말고 희재를 끌어안고 함께 울기 시작했다.

"얘들아 나 사실 오늘 차였어."

버드가 외쳤다. 나는 웃음을 터뜨렸다. 한 번 웃음이 터지니 멈출 수가 없었다. 결국 너무 웃다가 배가 아파 내 눈에도 눈물이 고였다. 우리는 셋이서 끌어안고 웃음 같은 비명을 내지르며 눈물 흘렸다.

십 여분을 걷고 나서야 무인텔을 찾아 들어갈 수 있었다. 버드는 지갑을 잃어버렸고 희재는 여전히 정신을 못 차리고 있었기에 내 카드로 숙박비를 계산했다. 계산서에 칠 만원이 찍혔다.

식은땀이 흘렀다. 거기에 세면도구까지 추가로 계산했다. 어차피 다음날 버드와 희재에게 청구할 생각이었지만 대학생인 나에겐 이삼 만원도 아까웠다.

희재를 끌고 복도를 걸어가는데 복도 구석마다 검은색 비닐봉지가 떨어져 있는 게 보였다. 비닐봉지에선 정체 모를 악취가 났다. 무인텔이라 카운터에 사람이 없었고 나는 냄새나는 복도를 그냥 지나쳐야 했다.

방에는 침대가 하나뿐이었다. 그나마 더블사이즈의 침대라 잘하면 셋이서 엉겨 붙어 잘 수는 있을 것 같았다. 각자 몸에서 풍기는 역겨운 술 냄새를 견디며 잘 수 있느냐가 문제였다.

희재는 욕실로 달려가 입을 헹구고 옷을 벗어 던졌다. 그리곤 알몸으로 침대로 직행하려 드는 걸 내가 붙잡아 억지로 가운을 입혔다. 남은 가운은 하나였다. 버드는 개의치 않고 이미 알몸으로 침대에 누워 있었다. 나는 버드에게 이불을 덮으라 지적했다. 버드는 툴툴대며 에어컨을 켜고 이불을 덮었다.

내내 땀을 흘리고 왔는데도 씻지 않고 잠들 수 있는 버드와 희재가 신기할 지경이었지만 하나뿐인 욕실을 독차지하기 위해 그들이 잠들도록 내버려 뒀다. 나는 허물을 벗듯 땀과 빗물에 절어있던 옷을 벗어 던지고 욕실로 들어갔다. 샤워기를 트니 찬물이 쏟아져 잠이 달아났다. 재빨리 손잡이를 돌리니 지나치게 뜨거운 물이 나왔고 몇 번의 시행착오 끝에서야 적당히 따뜻한 물이 나오는 손잡이 위치를 찾아낼 수 있었다.

오랜 샤워를 끝내고 침대에 누울 때쯤에 버드와 희재는 이미 잠들어 있었다. 좁은 침대에 셋이 어떻게든 같은 이불을 끌어안고 누워있는 꼴이 웃겼다. 그중에 술 냄새를 풍기지 않는 건 나뿐이었다.

버드는 자다가 트림을 했다. 술 냄새가 지독한 트림이었다. 그래, 너도 역시 사람이구나. 그 생각을 마지막으로 나는 기억을 잃었다.

눈을 뜨니 욕실에서 물소리가 들려왔다. 욕실 입구가 통유리로 돼있어 희재의 벗은 몸이 드문드문 보였다. 제정신이 들자마자 토기가 올라왔다. 나는 최대한 속을 진정시키며 희재가 최대한 빨리 씻고 나오길 기다렸다. 버드는 여전히 잠들어 있었다.

작은 냉장고를 열어보니 매실음료수가 있었다. 그걸 꺼내 마시려는 순간 희재가 욕실에서 나왔다. 나는 아침인사를 생략하고 곧장 화장실로 달려가 속을 비워냈다. 하룻밤이 지났는데도 음식물이 섞여서 올라왔다. 입을 헹구고 양치를 하는 김에 샤워를 했다. 그러고 나서 방금 꺼내둔 매실 음료수를 단숨에 들이켰다. 속이 조금 가라앉는 듯했다.

희재에게 버드를 깨울지 물어봤으나 희재는 고개를 저었다. 우리는 누워서 핸드폰을 했다. 혹여나 오지 않을 연락이 왔을까 카톡 화면을 들여다봤지만 별다른 연락은 없었다. 배터리도 얼마 없었다. 두꺼운 암막 커튼이 작은 창을 가리고 있어 모텔은 우리가 막 잠들었을 때처럼 어두웠다.

나는 희재의 어깨에 고개를 묻었다. 희재에게서 나와 비슷한 냄새가 났다. 우리는 이제 막 냄새가 같아졌지만 집으로 돌아가면 서둘러 이 냄새를 털어낼 예정이었다. 희재는 자기만의 멋진 옥탑방에서 머스크향이 나는 샴푸에 머리를 감고, 버드는 부모님이 사는 집에서 엄마 취향에 맞춘 샴푸바를 쓰고, 나는 큐와 쓰려고 박스째 사뒀던 허브향이 나는 바디워시를 샤워볼에 짜서 몸에 문지를 것이다. 그리고 각자의 냄새로 돌아가게 될 것이다.

"요즘 옥탑방은 어때?"

"더워요."

"심심하지 않아?"

내 말에 희재는 대답하지 않았다. 나는 희재의 어깨에 기대 조금 더 시간을 보냈다. 누군가의 살에 얼굴이 닿은 적이 오랜만이라는 생각이 들었다.

"우리 집 화장실은 곰팡이로 가득해."

"욕실에 창문이 없어요?"

"없어."

"그럼 포기해야지."

"응. 그래서 수건을 늘 밖에 빼둬. 근데 저번에 문득 수건을 개다가 생각이 든 거야. 내가 수건 개는 법이 달라졌구나."

"응."

"누군가랑 산다는 건 수건 개는 법까지 달라지는 일이라는 거 알았어?"

"언니, 전 수건 안 개요. 그냥 빨랫대에 널어놓지."

나는 희재의 목덜미 안에서 작게 웃었다.

"둘이 싸웠어?"

모텔을 나와 국밥 집에서 해장을 할 때까지 나와 버드가 말이 없자 희재가 말문을 열었다.

나는 희재에겐 언제나 상냥하고 싶었기 때문에 아니라고 말했고 버드는 그런가? 라고 대답했다. 나는 그런 버드에게 짜증이 나서 숟가락을 세게 내려놓았다. 버드는 코를 풀었다.

"거지 같은 기분이야."

버드는 숙취에 시달리고 있었다. 다음 날 속이 뒤집어질 때까지 술을 마셔대는 버드가 싫어졌다. 버드는 아무렇지 않게 자기 집에 들렀다 갈 거냐고 희재에게 물었다. 싫었다. 이런 식으로 자주 버드가 싫어지곤 했지만 나는 항상 버드와 함께 있었다. '싫다'라는 기분과 애정의 총량은 비례할 때가 많았다. 내가 아무리 큐의 나쁜 습관들을 싫어했어도 그를 사랑하길 멈추지 않았던 것처럼.

나는 버드가 영원히 나쁜 습관들을 바꾸지 않길 바랐지만 때론 그 기대가 나를 지치게 했다.

나는 담배 냄새가 묻은 옷을 입고 지하철을 타고 싶지 않아 버드의 집에 들렀다 가기로 했다. 버드는 물품보관소에 가방을 넣어둔 걸 깜빡했다고 하종진에 들르자고 했다. 희재는 귀찮다고 집으로 돌아가 버렸다.

나와 버드는 한 우산을 쓰고 하종진을 향해 걸었다. 새벽부터 내리던 비는 여전히 도시로 쏟아지고 있었다. 장마철이 다가온 것이었다.

여름의 한가운데였고, 장마 초입에 걸친 힘겨운 시기였다. 견뎌야할 게 많았다. 그러나 장대비는 도시를 녹여버릴 것 같은 무더운 더위를 한 풀 꺾어주고 있었다. 동시에 우리는 축축함을 선물 받는다. 아무리 널어놔도 마르지 않는 수건과 꿉꿉한 냄새가 나는 이불, 젖은 흙을 비집고 올라온 비린내 같은 것들을.

올해 기록적인 더위에 도시를 감싸고 있는 모든 철근이 휘어 세상이 반으로 접혀버릴 줄 알았는데, 조금 날씨가 풀렸다고 모든 게 건재하게 허리를 펴고 비를 맞고 있었다. 서울이란 뻔뻔하고도 특이한 도시였다.

　개 한 마리가 비를 맞으며 길을 걷고 있었다. 개는 털이 듬성듬성 빠져 있고 배가 불룩 튀어나와있었다. 팔다리가 앙상한 걸 보니 배에 복수가 찬 것 같았다. 내 시선을 느꼈는지 개가 문득 멈춰 서서 나를 바라봤다. 나는 머뭇거렸다. 버드가 우산을 돌려 내 시선을 가렸다. 나는 버드와 가던 길을 갔다. 뒤를 돌아보니 개는 어두운 골목으로 걸어가고 있었다.

　버드는 힐긋 뒤를 돌아봤다. 나는 한 번 더 뒤를 돌아봤다. 개는 빗속으로 사라진 뒤였다.

　이 거리에서 저 개를 본 건 세 번이었다. 저 개를 두 번째 봤을 때 나는 얼른 저 개에게 무슨 일이 생겨서 내 눈에 나타나지 않게 해달라고 기도했다.

　그런데 떠돌이 개는 배만 더 불러서 나타났다. 걷는 것조차 힘들어 보였다. 이 더운 날 어디서 물을 마시고 어디서 더위를 피하는지 모르겠는데, 개는 괴로워 죽겠다는 눈빛 한 번 없이 불쑥 나타나 계속 어디론가 걷고 있었다. 숨 돌릴 틈 하나 없는 하종진의 여름 거리를 말이다.

　이글거리는 지열을 짧은 다리에 온전히 받는 저 개가, 도시 속 여름을 계속해서 서성이고 있는 저 개가 나를 한없이 우울하게 했다. 터질 듯한 뱃속에 외로움과 우울함을 감추고 뭔가를 찾는 듯한 눈으로 길을 헤매는 저 아픈 개가 너무 싫었다. 나는 계속해서 버드와 비오는길을 돌파했다.

가방을 찾고 버드의 집에 도착하니 다시 졸음이 쏟아졌다. 목이 늘어난 버드의 옷으로 갈아입고 버드의 침대에 누웠다. 싱글 사이즈의 작은 침대였다. 두 사람에겐 좁았지만 버드의 체구가 작아 같이 누워있기에 나쁘지 않았다. 나는 버드 옆에 누워 그대로 잠들었다.

다시 눈을 떴을 때도 비가 내리고 있었다. 거센 빗소리에 심장이 두근거렸다. 버드는 티셔츠를 배 위로 말아 올린 채로 잠들어 있었다. 나는 버드의 티셔츠를 내리고 이불을 덮어줬다. 그리고 작은 창을 바라봤다. 방충망 사이로 빗물이 쏟아져 들어오고 있었다. 오래된 원목 책상 위가 빗물로 흥건했다. 책상에는 로션과 거울, 쓰지 않는 화병이 있었다.

가지를 무성히 뻗은 나무가 창을 가리고 장대비를 조금은 막아주고 있었다. 그 풍경이 나와 버드를 풀숲 한 가운데 놓인 오두막으로 옮겨놓았다. 한꺼번에 너무 많은 비가 쏟아지고 있었다. 두꺼운 빗줄기가 나뭇잎을 가릴 때, 빛을 반사시키며 하얗게 실선을 만들었다. 풀숲에서 비는 하얗다. 우리는 우유가 쏟아지는 정글 한 가운데 잠들어 있었다.

거센 빗줄기에 무성한 나뭇잎이 여기저기로 갈라졌다. 나는 갈라지는 초록빛 사이로 보이는 무언가와 눈을 마주쳤다. 그것은 눈을 가늘게 뜨고 나를 주시하고 있었다. 나무 사이에 숨어 비를 피하고 있는 새였다. 새는 수많은 충돌이 갈라놓은 수풀 사이에 있는 나를 발견했다. 그리곤 내게서 눈을 떼지 않았다. 새의 눈과 부리는 흐린 볕 속에서도 선명한 빛을 띠고 있었다. 내 시선은 작고 은밀한 눈과 부리로 빨려들어 갔다.

곧이어 내 시야는 한 가지 색으로만 물들었다. 초록빛을 흔드는 충돌 사이에서 유일하게 꼿꼿한 곡선을 유지하는, 유리알처럼 번뜩이며 이 더위에 경고를 날리는, 장마를 피해 풀숲 아래 피어 열기를 끓이고 있는 태양의 색.

버드와 나를 놓지 않고 주변을 둘러싸는, 여름의 빛이었다.

버드는 여름에서 여름으로 옮겨갈 준비를 하고 있었다. 이곳이 겨울일 때 호주는 여름이었다. 버드와의 연락이 뜸해졌고 희재도 직장을 옮기고 바빠져 연락이 되지 않았다.

이학기가 시작됐다.

개강후 몇 주 뒤 버드는 떠났다. 버드가 떠난 걸 아침에 버드의 인스타 스토리를 보고서 알았다. 버드가 나한테 화가 날 이유가 있었는지는 모르겠다. 서운한 마음이 들지 않았던 건, 우리가 언젠가 다시 연락이 닿을 거라고 믿었기 때문이었다.

나는 마땅한 계획도 없었기에 예대로 돌아갔다. 몇 주간 나는 가끔 대화를 나눠본 적 있는 문창과 친구들과 어울려 다녔다. 그리고 곧 나는 과에서 혼자가 됐다. 그들 대부분이 예술에 취해 몇 개의 미숙한 불행을 가지고 성숙한 인간인 체하며 스스로를 자랑스러워했는데, 그 교만함이 더없이 거북했기 때문이다.

대개 예술대학을 다니는 학생이란 둘 중 하나였다. 스스로를 너무 사랑하거나, 혐오하거나. 아무튼 둘 다 반쯤 정신이 나가 있어야 가능한 일이었고 나는 정말 예술가가 될 재목은 아니었던 걸지도 모른다.

나는 혼자인 것에 익숙해졌고 예전처럼 사람이 잘 찾지 않는 작은 영화관을 드나들었다. 언젠가 이 작은 스크린에 희재의 전 애인이든 유키든 익숙한 얼굴이 올라오지 않을까라는 기대감도 품고 있었다.

왕가위 감독의 '해피투게더' 티켓을 들고 상영관 안으로 들어갔다. 예전에 큐와도 본 적 있는 영화였다. 내가 좋아하는 장소를 소개시켜주려는 마음에 큐를 이 영화관에 데려왔던 것이다. 그때 큐는 영화를 보고 나서 내게 물었다.

그래서 이게 무슨 얘기야?

그는 아무것도 이해하지 못했단 표정을 하고 연신 하품을 해댔다.

그냥 사랑 얘기야.

내가 말했다. 큐 역시 자기가 알고 있는 형태가 아닌 다른 사랑을 이해하지 못했다.

난 역시 분노의 질주 같은 게 좋아.

큐가 말했다.

영화가 시작하기 전 나는 영화관에 앉아있는 사람들의 얼굴을 확인했다. 혹시 우연히 큐가 이곳에 앉아있지 않을까? 그에게 어떤 일들이 있었고 내가 확인할 수 없는 연유로 아침부터 작은 상영관에 앉게 된 건 아닐까. 그게 내가 마지막으로 기대해본 우연이었다.

나를 포함해 상영관엔 총 다섯 명이 있었다. 영화가 시작됐고 나는 옛 기억을 털어내고 스크린에 집중했다.

잠시동안 나는 버드와 큐를 잊을 수 있었다. 그러나 그 영화는 이따금씩 너무 조용해졌고 원목으로 둘러싸인 작은 상영관에선 어디선가 자꾸 삐그덕 거리는 소리가 났다. 두려워졌다. 연약하고 신경질적인 이 소음이 상영관 어딘가에서 균열이 일어나 원목이 비틀어지는 소리처럼 들렸기 때문이다.

삐그덕 거리는 소리는 영화가 조용해질 때마다 더 크게 들렸다. 특히 이구아수 폭포가 화면을 가득 채웠을 때 그 소리가 더 심해졌다. 이대로 영화관이 무너져 이곳이 내 무덤이 되는 게 아닐까? 거기까지 생각이 미쳤을 때 나는 사방을 둘러봤다.

상영관 여기저기에 흩어져있는 네 개의 얼굴이 푸르게 빛나고 있었다. 그들은 영화에 집중할 때마다 저마다 익숙한 기울기로 몸을 숙였다. 그럴 때마다 삐그덕 소리가 났다. 나도 몸을 기울였다. 내가 엉덩이를 대고 앉은 의자에서 작은 소음이 일었다. 내가 두 시간 내내 두려워했던 소리는 사람들이 의자를 기울이며 내는 소리였던 것이다.

삐그덕.

단지 그들이 스크린과 가까워지고 싶어 내는 소리였다.

그날은 여름이 마지막으로 더위를 펼쳐 온 세상을 누르고 있는 날이었다. 다른 계절을 무자비하게 삼키기라도 할 것처럼 여름은 늘어지게 달력을 잡아먹고 있었다. 영화관을 나와 나는 어디로 가야할지 몰라 뜨거운 햇볕 쏟아지는 거리를 걸었다. 모든 철골을 녹여 뚝뚝 부러뜨려 버릴 듯한 햇빛이 머리 위로 쏟아졌다. 어째서 사람의 머리가 하얗게 새지 않을 수 있는지 궁금한 낮이었다. 나는 가야할 곳을 정하지 못하다가 지하철 입구로 들어갔다. 버드마저 떠났는데 혼자서 이 지루한 열기를 견디기 싫었다.

지하철을 탔지만 학교와 자취방이 있는 역에서 내리고 싶지

않아 하염없이 역을 지나쳤다. 희재가 생각났다. 희재의 옛 애
인이 생각났다. 유키가 생각났다. 버드가 생각났고, 당연히 큐
를 떠올렸다.

　종점에서 내려서 나는 몇 번 버스를 갈아탔다. 그리고 주황빛
이 녹아내린 갯벌을 마주했다. 바다는 저 멀리 석양을 끌고 밀
려나 있었다. 가까이서 바다를 보기 위해 해안선을 따라 걸었
다. 반쪽밖에 남지 않은 태양은 낮보다 더 진하고 선명한 빛을
쏟아내고 있었고, 나는 온 몸에서 땀을 흘렸다. 나 이외의 계절
은 없어. 태양은 말하고 있었다.

　땀이 이마를 뒤덮을 때, 나는 가까스로 가까이서 파도를 볼
수 있었다. 멀리서 갈매기들이 바다의 보푸라기처럼 파도에 떠
다니고 있었다.

　오랜만에 찾은 희재의 옥탑방은 한낮의 햇살에 모든 게 하얗
게 보였다. 희재의 얼굴은 못본 사이 놀랍도록 눈밑이 까맣게
그을려 있었고 손등이 타있었다. 희재는 내게 손등을 들어 보이
며 눈이 휘어지게 웃었고, 나는 간식거리로 사온 커피와 디저트
가 녹고 있는 것도 모른 채 옥상에서 보이는 풍경을 바라봤다.

　"언니가 쉬는 날 와서 다행이야. 다음에는 그냥 비밀번호라도
알려줄까."

무작정 찾아간 거였는데 희재는 그곳에 있었다. 나는 다시는 이 우연을 기대하지 못할 것이라는 생각이 들었다.

오랜만에 희재의 옥탑방 안에 들어가자 이전과 달리 무더운 열기가 느껴졌다. 에어컨은 켜져 있었고 방안은 생활에 지장이 없을 정도로만 어질러져 있었다.

"에어컨이 고장 났어요. 그래도 찬바람이 나오긴 나오니까. 너무 힘들면 선풍기 틀어줄게."

희재는 곧바로 방 옆에 붙어있는 주방으로 보이는 창고더미에서 선풍기를 꺼내왔다. 먼지가 조금 쌓여있었다. 희재는 몇 번 고개를 갸웃거리다가 내 쪽으로 선풍기를 놨다.

선풍기를 틀어도 몸 안의 열기가 가시지 않았다. 나는 희재의 무릎에 머리를 포갰다가 구석진 곳에 가 웅크리고 누웠다. 몹시도 무더웠다. 아이스크림은 이미 테이블 위에서 녹아내린 뒤였다.

"우리 빙수 시켜 먹을까? 응?"

"배고파."

"근처에 맛있는 짜장면집이 있어요."

"냉면 같은 것도 팔까?"

"아마도. 언니, 내가 귀한 거 보여줄까요?"

희재는 컴퓨터 책상에 가득 쌓여있는 책 사이에서 뭔가를 꺼내왔다. 배달잡지였다.

"아직도 이런 게 있어?"

"그럼, 난 가끔 이걸로 시켜 먹어요."

희재가 웃었다. 나는 배달잡지를 넘기며 중국집의 메뉴를 살펴봤다.

"탕수육도 시켜요. 나 요즘 일하는 거 알잖아."

나는 사양 않고 희재가 전화로 음식을 주문하는 것을 지켜보았다. 고민하지 않고 메뉴를 고르는 게 얼마만일까. 나는 무심코 고민 없이 주문한 탕수육이 로맨틱하다 생각했다.

방 한 쪽 면이 통유리창으로 돼있어 창문을 열면 화분이 늘어서 있는 옥상을 바로 볼 수 있었다. 창문을 연채로 선풍기와 에어컨을 틀고 누워 있은 지 이십여분 정도 지났을 때 이마와 무릎 사이로 땀이 흘렀다. 초록색 방수 페인트가 칠해진 옥상 위로 아지랑이가 흘렀고 그 물결이 멀리까지 보이는 높고 낮은 건물들을 휘어뜨렸다.

누군가가 창문 앞에서 배달가방을 들고 서성거렸다. 촘촘한 방충망 때문에 그는 거대한 모자이크처럼 보였다. 희재가 방충망을 열자 그는 방 안으로 짜장면과 탕수육, 냉면과 군만두를 밀어 넣고 계단을 내려갔다. 그는 전혀 땀을 흘리고 있지 않았다.

"이것 봐, 젓가락으로 빠르게 모서리를 비비면 깔끔하게 비닐이 떨어진다니까."

내가 말했다. 희재는 천천히 비닐을 아래서부터 벗겨냈다.

"주방에 가위 있어?"

"잘 찾아보면 있을 거예요."

희재는 탕수육 비닐을 벗기느라 정신이 없었다. 나는 덧문을 열고 주방에 갔다. 주방은 온갖 물건들과 식기가 쌓여있어 원하는 걸 찾기가 쉽지 않았다. 겨우 가위를 접시 아래서 찾아 돌아가려다가 나는 종이처럼 바짝 말라버린 빨래가 걸려있는 빨랫대에 발을 부딪치고 말았다.

제법 많은 빨래가 걸려있었지만 무게가 느껴지지 않았다. 나는 방으로 돌아가 냉면을 가위로 잘랐다.

"소스 부어도 돼요?"

나는 잠시 고민하다가 고개를 끄덕였다. 그리고 안쪽에 숨어있는 탕수육들을 꺼내 소스가 닿지 않는 곳에 올려두었다.

"버드는 여름이 좋은 걸까?"

희재는 답하지 않았다. 희재는 티비로 볼 것들을 찾아보다가 결국 유튜브를 틀어 좋아하는 아티스트의 영상을 틀었다. 나는 희재의 허밍을 들으며 얼음이 전부 녹아버린 냉면과 소스로 눅눅해진 탕수육을 먹었다.

"맛있어."

"여기 정말 맛있죠?"

나는 탕수육과 군만두를 남기지 않고 다 먹었다. 내가 가난한 학생이었기 때문이 아니었다. 희재와 옥탑방에서 탕수육을 먹고 있는 이 순간이 너무 빠르게 지나가고 있다고 느꼈기 때문이었다. 머무르고 싶은 장면이 속도를 내서 바로 내 곁을 지나치고 있었다. 내 옆구리를 때리면서, 화살표 두 개가 겹친 흔적을 남기고, 조급한 마음이 들게 하면서, 아무것도 실감할 수 없게끔 내가 가진 장면들을 하나하나 가위로 자르고, 붙이고, 난도질해서 기억 속으로 축약해 버리고, 모든 걸 소모적으로 소화하면서 휘발시키고 있었다. 그러니까 유튜브에서 볼 수 있는 십분짜리 영화 줄거리 요약 영상처럼. 아무리 완벽한 두 시간짜리 작품을 만들어도 이제는 십분짜리 요약본으로 사람들 앞에 나설 수밖에 없는 초라한 영화들. 그마저도 빨리 감기로 지나쳐버리는.

나는 꾸역꾸역 남은 음식들을 모두 뱃속에 밀어 넣었다.

또 다른 누군가가 방충망 앞을 서성이다 문으로 가 초인종을 눌렀다. 희재는 현관문에서 빙수를 받아왔다. 우린 대충 그릇을 한쪽으로 치우고 빙수를 숟가락으로 퍼먹었다.

어째서일까, 이렇게 편안한데 조급한 마음이 들었다. 거짓말

176

처럼 어떤 얘기들을 했는지 기억이 나지 않았다. 벌써 많은 순간들이 멀어지고 있었다. 잊어버리면 안 되는데 이걸 어디에 기록해야 할까. 서둘러 사진을 찍어서 인스타그램에 올려야 했다. 아니면 블로그에 일기를 쓰거나. 하지만 그것조차 너무 번거롭다. 트위터를 시작해야 하나?

단 140자에 내 장면을 축약할 수 있을까?

너무 더워서 정신이 나간 게 분명했다. 내가 빙수를 먹는데도 땀을 흘리자 희재가 웃으면서 내 팔을 잡고 일으켰다.

"담배 피우러 갈 건데 따라와 줘요."

담배-피우러-갈-건데-따라와-줘요. 나는 희재의 짧은 말에 띄어쓰기가 몇 번이나 들어가는지를 가늠했다. 생각해보면 나는 띄어쓰기를 잘했던가? 맞춤법도 항상 틀렸기에 문창과 입학시험에 붙은 건 늘 운이 좋았다고 생각했다.

주변에 높은 건물이 없는지라 옥상 위로 햇살이 무자비하게 떨어졌다. 히얗고 무거운 여름 우박. 그렇게 생각했다.

희재는 그곳에서 담배를 입에 물고 양손으로 햇빛을 가리며 콧노래를 부르고 있었다. 나는 이해했다. 그렇게 희재의 눈 밑과 손등과 목은 쌔카맣게 타버렸던 것이다. 뜨거운 햇살 아래서 담배를 피면서 옥상의 화분들을 구경하고, 가끔은 빨래를 널면서, 손을 들어 눈을 가리고, 또 눈살을 찌푸리고.

사람들은 희재를 만나면 물었다고 했다. 여름 동안 어디 좋은 곳에 다녀왔냐고. 비행기표는 비싸지 않았느냐고.

언제나 희재의 손에는 담배와 종이처럼 바짝 마른 빨래가 있었다. 그러나 모두가 오해하면서, 역시 직장을 바꿨더니 돈을 많이 벌었네! 요즘은 코인 쪽 일이 많이 벌긴 하지? 라고 말했다고 한다.

"버드가 왜 다시 여름 속으로 떠났을까?"

나는 여름에 지칠 대로 지쳐버렸다. 9월이 지났는데도 한국을 떠나지 않는 여름이 지겨워 투덜댔다. 희재는 햇살 아래서 잠시 생각하다 입을 열었다.

"좋고 행복한 일이 이미 일어나고 있을 때 실감이 안 나고 지나고 보면 너무 행복해서 눈물이 나잖아요."

그의 손에서 담뱃재가 떨어졌다. 떨어진 담뱃재는 아래층에 살고 있는 집주인 할머니가 치우게 될 것이었다.

"바로 직전에 그게 내 옆에 있었다고 생각하면 억울해서 참을 수가 없어요. 버드는 그런 아이죠."

그날이 지난 이후로 천천히 여름이 도시를 가로질러 갔다. 지루한 일상이 반복됐다. 나는 매일 방안에 틀어박혀 있거나 사람이 없는 카페에 앉아 시간을 보냈다. 그곳에 앉아 나는 막연히 생각나는 대로 글을 썼다.

저녁이 되면 뜨겁게 대기를 지피던 해가 슬그머니 산머리로 넘어간다. 곧바로 어둠을 먹은 강이 높이 범람해 마을을 잠가버린다. 밤이 시작된다.

그는 할 게 없어져서 방 안에 틀어박혀 인터넷이 잘되지 않는 노트북을 두들긴다. 그는 새롭게 찍은 영상들을 정리하고 있다. 한국에 두고 온 연인에게 보낼 영상들이었다. 그러나 그는 얼마 전에 이별 통보를 받고 영상을 보낼 곳을 더 찾지 못하고 있다.

그는 밤새도록 방 안에서 담배를 피우며 아래층 냉장고에서 가져온 맥주를 들이킨다. 그는 담뱃재를 늘 지정된 자리에 털지만, 담뱃재는 아무렇게나 사방으로 튀어 테이블과 목재 바닥을 더럽힌다.

그는 한참이나 잠들지 못한다.

맥주나 담배가 떨어지면 그는 살금살금 일층으로 내려가 그 집의 찬장과 냉장고를 뒤진다. 다음 달 세를 조금 더 보태면 될 거라는 생각으로 부정한 외상값을 합리화한다. 물론 사라진 재고들을 집주인이 눈치챈 만큼만 값을 치를 생각이다.

그는 차가운 맥주와 담배를 챙겨 다시 제 방으로 올라와 테이블 위에 가지런히 늘어놓고선 중얼거린다.

돌아가고 싶다...

혹은 다시는 돌아가고 싶지 않아...

어떤 생각에 몰두하다가 모든 걸 잊기 위해 술과 담배를 몸 안에 쏟아붓고 침대에 누워버린다. 그리고 그날 하루를 어떻게 날렸는지 셈할 겨를도 없이 잠들어 버린다.

타지의 어둠이 그의 발목을 잡고 강 밑으로 끌어내린다. 강은 새벽이 될 때까지 언덕 위에서 출렁거리며 사방에 풀벌레 소리를 풀어둔다. 마을사람들은 풀벌레 소리를 들으며 강 밑에 가라앉아 혼수상태에 빠진다.

그러나 그만은 외지에서 온 사람이라는 이유로 자꾸만 혼수상태에서 발작하듯 일어나 수면 속에서 질식할 것 같은 기분을 느낀다. 그런 그를 진정시키는 건 풀벌레 소리다. 벌레들은 어디에서든 비슷한 소리를 내기 때문에 그를 익숙한 소리로 혼란시킨다.

그러다 섬광이 하늘에서 번쩍하고 터져 새벽을 알리면 어둠은 풀벌레 소리를 흩어버리고 언덕 밑으로 내려가는 강 속으로 뛰어든다. 그리고 아침이 됐을 때 강이 제자리로 돌아와 졸졸거리는 소리를 내면 강 밑바닥에 허리를 수그리고 자리를 잡는다.

그는 서둘러 잠에서 깨어나 목에 걸렸던 숨을 개어낸다.

오늘도 낯선 벽에서 깨어나는데 성공했어...

그는 생각한다.

방안에 남아 있는 그림자를 씻어내기 위해 커튼을 걷는다.

햇빛이다. 그는 눈을 반쯤 뜬 채로 집 밖을 나서고 강가를 서성인다.

그리곤 물끄러미 물속을 바라보며 툭하고 드라마 대사를 뱉는다. 그때 강 속에 고개를 처박고 있던 어둠이 허리를 펴고 말한다.

돌아가.

아니다. 그는 여전히 자신의 방 안에 있다. 아침이 언덕을 넘어오길 기다리고 있다. 그는 잠들어있다. 어떤 근심도 그리움도 없이. 그러나 고독함을 안은 채 옅은 잠을 자고 있다.

시간이 흐른다. 그는 뱃속이 거북함을 느끼며 잠에서 깬다. 배탈이 난 건 아니다. 그는 창문을 열어젖힌다. 강가의 물비린내가 감각을 깨운다. 거북함도 일시적으로 사라진다.

그는 일층으로 내려가 욕실에서 양치를 한다. 민트 냄새. 그는 아주 잠시 한국에 두고 온 전 애인을 떠올린다. 그러나 곧 잊어버린다. 그는 눈곱을 떼고 손가락으로 머리를 빗는다. 대충 걸친 외투를 여미며 밖으로 나간다.

바깥에선 투명하고 눈부신 빛이 어둠이 남긴 잔여물들을 치우느라 고군분투하고 있다. 수많은 이파리에 낀 이슬의 그림자를 청소하는 중이다. 그 부지런한 빛은 그의 얼굴에 주근깨를 만든다.

그는 짙어져 가는 주근깨가 자랑스럽다. 그는 머리카락을 헤집는 바람이 산 너머에서 불어왔음을 느낀다. 바람이 그에게 부딪쳤다가 귓바퀴 뒤로 미끄러진다.

새들이 부지런히 하늘을 떠다닌다. 태양이 새들의 날개깃에 황금을 달아준다. 새들은 재빠르게 바람을 타고 하강해 강가에 앉아 황금을 털어낸다. 물이 튀긴다. 금빛 물결이 미끄러지며 물에 비친 그의 얼굴을 일그러뜨린다.

그는 강가에 서서 자신의 얼굴을 물끄러미 바라보다가 갈라진 목소리로 대사를 내뱉는다.

돌아와.

나는 이런 것들을 쓰다가 전부 지워버렸다. 그리고 다시 쓰기 시작했다.

그거 알아? 그 건물에 미궁이 있대.

유키가 말했다. 나는 작은 카페거리에 있는 주택을 떠올렸다.

미궁이 있기엔 크기가 작은데.

미궁이 왜 미궁인데. 결국 그 안에서 길을 잃으니 미궁이지.

그 건물은 오래전 사망 사고가 났다는 소문이 있었다. 나는 노숙자나 어린 학생들이 간혹 그 집에 들어가는 걸 본 적이 있었는데 누군가가 그 집을 빠져나오는 모습은 본 적이 없었다. 그렇다고 어느 집의 어떤 아이가 사라졌다고 세상이 떠들썩해지거나 경찰이 그곳을 수색하는 일은 없었다.

지하가 있을까.

유키에게 너무 휘말리는 것 같아 나는 다른 생각을 하기로 했다. 그러고 보니 세탁기에 빨래를 돌려놓고 그대로 밖에 나온 게 생각났다.

왜 그렇게 절망적인 얼굴이야?

빨래를 돌려놓고 잊었어.

"이런, 여름은 아니잖아. 괜찮지 않을까?"

여름이 아니더라도 예외는 없었다. 젖은 채로 꼬이고 꼬인 빨래가 엄청난 악취 저장소로 변하고 있을 게 뻔했다.

그 건물에서 사람이 빠져나오는 걸 난 왜 본 적이 없을까. 여름 동안 그들 모두 좁은 미궁 안에 갇혀 눅진하게 서로 엉겨 붙어서 거대한 곰팡이가 된 게 아닐까. 그들을 모두 락스로 씻어낸다면 녹아 없어질까. 미궁에도 배수구가 있으니까 비가 오는 날에도 그 집에서 물이 넘치지 않는 거겠지?

깊은 지하가 있나?

내가 참지 못하고 물어보자 유키가 웃었다. 그의 웃음은 어린 아이 같다.

그건 너무 영화 내용이랑 똑같지 않아?

있을 법한 얘기니까 영화가 나온 거야.

그렇게 우리는 또 영화 작법에 대해 한참을 떠들었다. 둘 다 영화를 전공한 적도 없으면서.

그리고 가끔은 죽은 자와 산 자가 함께 섞여 살아야 할 때가 있는 모양이야.

그건 오래된 영화에 나온 내용이었다. 유키는 그 영화를 얼마 전에 나와 함께 봤다는 사실을 잊은 듯했다.

그런 일은 없어. 그보다 밥이나 먹으러 갈까?

으응, 나 다이어트 중이라.

유키는 자신의 마른 팔뚝이 언제나 자랑거리였다. 이거 봐, 아무리 밥을 먹어도 난 여기만큼은 굉장히 말랐지. 유키는 그렇게 말하며 팔소매를 겨드랑이까지 걷어 올렸다.

누군가 내 어깨를 잡았다. 나는 화들짝 놀라 돌아봤다. 다나가 통통한 손으로 내 어깨를 꽉 쥐고 있었다. 내 시야는 다나의 얇고 긴 목 언저리에서 너울거리는 검은 머리카락에 닿았다. 다나는 피곤해보일 정도로 말랐지만 손만은 아기처럼 통통하고 작았다. 다른 이의 신체를 억지로 이어붙인 것 같은 손이었다.

기형이라 하긴 어려웠지만 꽤 기이한 손이었다.

"또 무슨 생각하고 있었던 거야?"

다나가 물었다. 나는 문득 낯선 기분을 느끼며 내가 식당에 있었다는 사실을 떠올렸다. 이 곳은 나와 다나가 자주 오는 식당이었고 난 한란이라는 이름을 갖고 있다. 분명히 그렇다는 사실을 알고 있었는데도 종종 모든 게 낯설게 느껴졌다. 나는 조금 전까지 다른 세상에 있었던 사람이었던 것 같은데.

계산했어?

내가 묻자 다나는 통통한 손으로 내 핸드폰과 가방을 대신 들어주며 말했다.

너 미궁에서 빠져나오는 방법이 뭔지 알아?

유키는 장난스럽게 웃었다. 유키는 옷 속으로 손을 넣어 몸을 벅벅 긁고 있었다. 유키는 아토피나 알러지 같은 건 없는데도 꽤나 거칠게 온몸을 긁어댔다.

그게 뭐지?

응?

다나가 부드럽게 내 손을 잡았다. 아기의 손을 잡은 기분이라 기분이 좋지 않았다. 내 옆엔 나보다 성숙한 여자가 서있었는데도 내 손에 닿은 건 미성숙한 신체였다.

그건 바로 미궁에 사는 거야.

거기서 산다고?

그래. 그냥 콱 눌러 앉아 버리는 거지. 늘 거기에 있으면 길을 잃지 않은 거니까.

그럼 이전에 있던 세상은? 다신 보지 못하는데도?

내가 묻자 유키가 옷에서 손을 뺐다. 그리곤 잠시 고민하는 듯 몸을 긁던 손을 얼굴에 괴고 먼 곳을 바라봤다. 손톱 끝이 빨갰다.

원래 있던 세상도 모든 걸 볼 수 있는 건 아니잖아?

그러나 아무리 써도 글이 완성되지 않았다. 모든 게 지나치게 은유적이었다. 소설이라기보다는 긴 시처럼 보이기도 했다. 나는 지웠던 내용을 다시 살려내고 내용을 추가했다.

역시 이것도 아니었다. 난 이 글을 읽고 난 문창과 학생들의 반응을 상상했다.

"그래서 이 사람이 러시아로 떠난 이유가 뭔데요?"

"이 사람이 이렇게 고독한 걸 표현하려고 굳이 외국으로 보낼 필요는 없지 않나요? 이런 건 신림 자취방에서도 가능한 전개인데…"

"무명배우라는 설정은 매력 없는 거 같아요."

"문장이 하나같이 번역 투 같아요."

"미궁이라는 게 그래서 뭐죠?"

"지루해요, 그냥."

"이 사람들이 등장하는 이유가 뭔가요?"

나는 이런 질문들에 대답할 말이 없었다. 나는 소설에 아무 의미 없는 내용을 자주 집어 넣었다. 일상이란 서로 아무 연관 없어 보이는 것들의 집합체였다. 도저히 이해할 수 없는 무의미함이 그동안 나를 살려내지 않았던가?

그러면 꼭 누군가는 분개해서 내 소설의 엉성한 개연성을 지적했다. 그들에게 소설이란 완전무결하며 완벽하고 올바르게 나아가야 하는 법전과 같은 거였다.

나는 전부 다 지우고 새로 글을 썼다. 이번엔 큐에 대한 이야기였다. 그러나 한참을 쓰다가 내용이 정작 큐와는 거리가 멀다는 생각이 들었다.

큐는 생각보다 나를 빨리 떠나버렸다. 심지어 내가 감기에 걸려 밥도 못 먹고 잠만 자고 있을 때조차 큐는 친구들과 술을 먹고 있지 않았나? 나는 딸기가 먹고 싶다 말했고 큐는 돈이 없다며 빈손으로 집으로 돌아왔다.

나는 이제 새로운 글을 쓸 수 없게 된 걸까?

나는 오로지 큐만을 생각하며 글을 완성시켰다. 그리고 몇 번을 신춘문예에 제출했지만 어떤 곳에서도 나를 불러주지 않았다. 이후로 나는 다시는 소설을 쓰지 않았고 버드가 바라는 대로 큐에 대한 생각조차 하지 않았다.

유키

Eternal summer

✼

유키에 대해 말하자면 할 말이 별로 없다. 유키는 어쩔 땐 오만했고 어쩔 땐 사랑스러웠다. 유키는 쉽게 열등감에 빠졌다. 유키는 주변 사람을 깔보면서 자신의 열등감을 달랬다. 한때는 그 사실을 알면서 모두가 유키를 사랑했다.

언니 나는 열등감 덩어리야!

유키의 말버릇이었다. 나는 유키가 저 말을 할 때만큼은 그를 좋아했지만 평소엔 아니었다.

유키는 엄마와 언니와 함께 셋이서 살았다. 가족들의 강경한 반대에도 불구하고 유키는 영화과에 들어갔다. 유키는 영화감독이 되고 싶다 말했지만 내심 배우를 꿈꾸고 있었다. 여기저기서 외모에 대한 말을 듣고 마음이 혹했는지도 모른다.

가끔 유키는 내 앞에서 영화대사 같은 걸 읊었는데, 발음이 엉망이었고 항상 억양이 똑같았다. 유키가 새로 쓴 대본이라고 들고 와 내게 보여줬던 글들도 하나같이 유치해서 못 봐줄 정도

였다. 나는 유키의 가족들이 그의 꿈을 말리는 게 당연하다고
생각했다.

그러나 유키는 언젠가 자신이 원하는 일로 성공할 거라 믿어
의심치 않았다. 그러다 일이 마음대로 풀리지 않으면 주변 사람
들에게 화풀이를 했다. 특히나 유키는 버드에게 화를 냈다. 어
떤 상황에서도 여유로워 보이는 버드가 유키의 눈에 거슬렸던
것이다.

"버드, 난 네가 조금만 더 똑똑했으면 좋겠어. 그럼 넌 정말
완벽해질 텐데!"

유키는 버드를 보면 이렇게 말했다. 그럼 버드는 동요하지
않고,

"나도 공부하고 있어."

라고 답했다. 난 버드가 뭔가 공부하는 걸 본 적이 없었다.
그러나 버드가 굳이 뭔가를 공부할 필요가 없다고 생각했다.
버드의 완벽함에 대해선 누구도 함부로 재단할 수 없었다.

가끔 버드는 사랑하는 애인들에게 구차하게 굴기도 했
지만 잠시뿐이었다. 버드는 사랑에 빠지고 싶을 때 사랑에
빠졌고, 변하고 싶을 땐 동전 뒤집기를 하듯 다른 사람으로
변했다. 난 그처럼 완벽하게 자유로운 사람을 본 적이 없
었다.

여름은 올해가 만족스러웠다는 듯이 금세 새하얀 태양을 끌고 먼바다로 떠나갔다. 4개월 만에 더위로 이글거리던 땅이 차갑게 얼어붙었다. 하늘엔 겨울의 창백한 태양이 유영하며 최소한의 빛만 쏟아냈다. 턱없이 부족한 태양 빛은 얼어붙은 공기를 녹여주지 못했다.

뜨거운 햇빛을 피하고 싶었던 기분을 느낀 게 불과 몇 달 전이었다. 이 나라는 동전 뒤집기를 하듯이 변덕스럽게 계절을 바꿔댔지만 사람들은 금방 적응해 얇은 민소매에서 두꺼운 외투로 옷을 바꿔 입었다. 그리곤 온 사방에 성에가 끼는 추위를 느끼며 어깨를 움츠렸다.

러시아에선 전쟁이 일어났다. 러시아의 일방적인 개전이었다. 여름이 떠나고 얼마 후의 일이었다. 잔인한 살육전이 계속됐다. 희재는 러시아로 떠났던 그가 곧바로 한국에 돌아왔다는 소식을 들었다. 생각보다 허무한 귀환이었다.

희재는 그를 찾지 않았다. 대신 희재는 데이트 어플을 자주 이용했다. 나는 희재가 어플로 즉석만남을 한다는 사실을 알게 된지 얼마 되지 않았는데, 처음엔 믿지 않으려했다.

오랜만에 만난 희재는 술 때문에 얼굴색이 죽어있었다. 코인 회사에 다니면 술을 먹을 일이 많다며 희재는 투덜댔다. 그러나 들뜬 얼굴로 어플에 뜨는 프로필을 천 번 정도 넘기면 정말 잘생긴 남자애를 한 번은 건질 수 있다고 설명하며 그들의 사진을 보여줬다.

그리고 희재는 다소 부끄러운 듯이 말했다. 열렬히 사랑하고 있다고. 그 대상이 누구인지 나는 더 물어보지 않았다.

가난한 무명배우의 허리를 끌어안고 그들의 질량만큼 충격을 두들기며 달려가는 바람 사이로 사랑한다는 말을 외치던 희재가 다른 남자를 사랑한다는 말을 듣고 싶지 않아서였다.

그렇게 낯선 땅에 있을 그가 그리워서 울던 희재가, 내게 늘 기묘한 이야기를 들려줬던, 눈 위의 점을 꿈틀거리며 웃던, 가게를 찾아오는 취객들을 골려주며 즐거워하던 희재가, 바로 직전에 있던 그 희재가 이젠 다른 장면이 돼있었다.

"언니는 여전히 그 녀석 사랑해요?

희재가 물었다.

"아니면 사랑한 거 후회해요?"

나는 핸드폰을 들여다보는 척 했다. 그리고 눈을 감고 내 몸이 바닥으로 떨어지는 상상을 했다. 내 몸 주위로 불기둥이 솟아올라 지하까지 바닥이 뚫리고 그 아래로 한참을 떨어지는 생각. 주변은 깜깜하고 어떤 두려운 기분에 빠지지도 않은 채로 중력에 몸을 맡긴다. 떨어지는 속도는 그렇게 빠르지 않다. 마치 달 표면에 발자국을 찍으려 발을 내딛는 순간처럼 모든 것이

가벼웠다. 나는 떨어지고 떨어지다 어느 낯선 땅에도 닿지 못하고 다시 이 자리로 돌아온다.

희재의 전 애인은 이제 어디에서 꿈을 이룰까? 그 생각에 마음이 착잡해졌다.

나는 홀로 로프터스홀을 찾아갔지만 그곳엔 희재도 버드도 없었다. 취기와 여러 몸짓으로 가득했던 로프터스홀은 어느새 로비가 텅텅 비어 테이블이 각각 어디에 있고, 좌석이 몇 개나 있었는지 알기 쉬워졌다. 원목으로 된 다리보다 부드러운 살로 이뤄진 다리가 빼곡히 들어서 있던 나무 바닥은 이제 걸을 때마다 삐그덕 거리는 소리를 냈다. 모든 게 단 몇 개월 만이었다.

아직 해가 밝을 때인지라 로프터스홀은 식사 메뉴를 팔고 있었다. 열려 있는 테라스 좌석에 몇몇 외국인이 앉아 나초와 빵 몇 개를 시켜 놓고 잡담을 나누고 있었다. 나는 처음으로 안쪽에 있는 4인 테이블에 앉았다. 익숙한 얼굴의 바텐더가 메뉴판을 들고 왔다. 희재와 일하며 잡담을 나누던 바텐더였다. 나는 아는체 하려다 혼자 왔다는 게 생각나 그와 눈을 마주치지 않았다. 버드라면 이 곳에 혼자 왔더라도 그에게 말을 걸 수 있었을까?

나는 샥슈카라는 그리스 음식과 레드와인을 시켰다. 음식 하나에 와인은 글라스로 한 잔만 시켰는데도 이미 김치찜 한

개분의 가격을 넘어서고 말았다. 한 끼 식사를 때우기에 좋은 곳은 아니었지만 로프터스홀에서 저녁을 먹는 이들이 꽤 있었다. 그들 절반은 외국인이었고 절반은 이국적으로 꾸민 한국인이었다.

줄을 서서 이곳에 입장하던 사람들, 입구를 막고 춤을 추던 댄서들, 기력 없는 시체처럼 춤을 추던 취객들, 술을 도둑맞아 씩씩거리며 바 근처를 서성이던 무리들, 수많은 명품들, 가짜들, 악마들, 귀신들, 맘에 드는 아이와 입을 맞추기 위해 열심히 굴러가던 눈빛들. 모두 어디로 옮겨갔기에 곧 해가 져가는 데도 이곳은 한적하게 식사를 나르고 있는 걸까.

고수가 올라간 샥슈카가 나왔다. 나도 처음 먹어보는 음식이었기에 빨갛게 흐르고 있는 치즈 가운데 올려져 있는 수란을 어떻게 해야 할지 알 수 없었다. 나는 레드와인만 홀짝이며 붉은 소스와 치즈가 엉켜있는 곳 한가운데서 포류하고 있는 노란 공을 지긋이 노려봤다. 버드였다면 이 음식의 정체를 몰라도 어떻게 행동할지 알았을 것이다.

바게트 조각으로 노란 수란을 깨뜨리는 덴 꽤 많은 용기가 필요했다. 예쁘게 몽글거리는 노란색에 거칠고 바삭한 바게트를 밀어 넣었다. 바게트 겉면에 노란색이 칠해지고 수란은 볼품없게 움푹 파였다. 그것을 입에 밀어 넣고 와인을 한 모금 마셨다. 그렇게 바게트 세 조각을 다 먹고 나서 남은 소스와 치즈를 긁어먹었다.

로프터스홀이 식사를 꽤나 훌륭하게 판다는 건 좋은 일이었을까? 나는 화장실을 가는 길에 이층으로 가는 계단이 막혀 있는 것을 봤다. 여름밤 일어났던 모든 일들이 단시간에 으깨져서 사라진 기분이었다. 그러나 그 계절감이 흘린 더위만큼은 느리고 지지부진하게 옆으로 퍼져 나가면서.

나는 해가 지기를 기다렸다가 버드, 희재와 함께 갔던 클럽에 들어갔다. 줄도 서지 않고 바로 클럽에 들어갈 수 있었는데, 여자애들 몇 명이 계단을 올라오며 떠드는 소리가 들렸다.

"야, 이따가 오자."

클럽은 거짓말처럼 텅텅 비어있었다. 한산하거나 재미가 없어 보이는 수준이 아니라 클럽엔 디제이 부스를 지키고 있는 디제이 한 명과 바를 지키고 있는 직원 두 명을 제외하고는 아무도 없었다.

나는 한참을 멍하니 서서 텅 빈 테이블들을 바라봤다.

…

…

이 곳이 이렇게 작았던가?

…

…

땀 냄새도 나지 않는다.

…

…

난 지금껏 누구와

…

..

모두 미궁 속으로 들어가 버린 걸까.

나는 클럽을 나와 키도와 손을 잡고 걸었던 거리를 혼자 되돌아갔다. 내가 방금 갔던 클럽이 텅텅 비어있는 게 무색했다. 이곳저곳에 여러 사람들이 줄을 서서 입장을 기다리고 있었다. 모두 내가 가본 적이 없는 곳이었다.

난 지금껏 누구와 춤을 춘 걸까.

나는 이야기를 털어놓기 위해 눈에 보이는 사주 집에 들어갔다. 그곳에서 오만 원을 내고 한 시간 정도를 떠들었다. 내 생년월일도 말하지 않았다.

나는 또다시 기나긴 여름이 시작된 호주로 떠난 버드와 재미있는 괴담들과 사랑했던 사람도 잊은 희재, 그리고 꿈을 이루기 위해 러시아로 떠났다가 전쟁 때문에 한국으로 돌아온 희재의 전 애인에 대해 한참 얘기했다. 역술가는 입을 가리고 하품을 하다가 나와 눈이 마주치자 한마디를 툭 내뱉었다.

"모두 인간이 되는구나."

나는 어딘가에 유폐된 유령이 된 기분을 느꼈다. 나는 그런 비슷한 존재를 본 기억이 있었다. 그러나 그게 누구였더라… 모든 것이 멀어져갔다.

얼마 안가 자취방 계약이 만료돼 나는 새 집을 찾으러 다녔다. 그땐 혼자서 모든 것을 해결하느라 다른 걸 신경 쓸 겨를이 없었다. 다행히 만족스러운 새집을 찾았고, 나는 집주인에게 사정해 시세보다 저렴하게 집을 계약했다.

겨울방학이 시작되고 나서야 오랜만에 버드에게서 연락이 왔다. 버드는 일단은 잘 지내고 있으며 영어가 하나도 늘지 않았다는 소식을 전했다.

그래도 그곳에서 친구를 사귀었는데, 두 명은 한국인이고 한 명은 일본인이라 영어실력이 늘 일이 없다고 했다. 오히려 일본어만 늘어서 요즘은 보지도 않던 일본 애니메이션에 빠졌다고 했다.

너 알고 있어? 유키는 일본어로 눈이라는 뜻이래.

이런 말도 덧붙이며 버드는 유키에 대한 그리움을 표현했다.

버드의 세 친구들은 모두 버드의 룸메이트였다. 호주에선 한 집에 여러 명의 하숙생이 살았다. 버드와 친구들은 일층에 있는 방에서 지냈다.

하숙생들이 머무는 저택은 삼층으로 돼있었고, 이층에는 덩치가 큰 백인 남자들이 살고 있었고 그들은 늘 기분 나쁜 냄새를 풍겼다. 버드는 그들과 우연히라도 눈이 마주치면 섬뜩한 기분을 느꼈다. 그것 말고도 그들이 풍기는 냄새가 너무 지독했기 때문에 버드와 친구들은 한 번도 계단을 올라가 본 적 없었다.

그러다 지난 주말에 일이 터졌다.

호주는 한국과 다르게 밤 열시만 돼도 모든 거리의 불이 꺼졌다. 아무리 주말 밤이라고 해도 주택가에 소음이 들리는 것 또한 허용되지 않았다. 그들이 살고있는 주택도, 각층마다 하숙생들이 친하지 않은 탓도 있었지만, 밤이면 늘 쥐죽은 듯 조용해졌는데 그날만은 달랐다.

그날은 당장이라도 비가 쏟아질 것 같았고 비가 몰고 온 습기 때문에 이층에서 나는 역겨운 냄새가 더 진하게 풍겼다. 그리고 계속해서 이층에서 누군가가 발을 구르는 소리가 쉴 새 없이 들렸고 이따금씩 고함소리도 들려왔다.

버드와 친구들은 소음 때문에 잠들지 못했고 본인들도 지지 않으려는 생각에 큰 소리로 음악을 틀고 춤을 췄다. 그런데 천장을 두들기던 발소리가 쿵쿵대며 계단을 타고 내려왔다. 그 소리는 가까워지더니 버드와 친구들이 있는 방문 앞에 멈춰 섰다.

문 앞에 선 남자가 매섭게 문을 두들겨 댔다. 버드와 친구들은 겁에 질려서 음악 소리를 끄고 서둘러 핸드폰을 찾았다. 이층에 사는 남자는 계속 문을 열라고 소리쳤다. 일본인 친구가 경찰에 전화를 했다. 일본인 친구는 작은 소리로 핸드폰에 대고 말했고, 곧바로 문 뒤에서 경찰을 부르지 말라는 고함소리가 들려왔다.

문이 부서져라 두들겨대는 남자 때문에 겁에 질린 버드와 친구들은 창문으로 탈출을 강행했다. 최대한 창문 열리는 소리가 나지 않도록 그들은 노래를 크게 틀었다. 그리고 창문을 넘어가 셋이서 차가 있는 곳으로 달려갔다. 그러다 차 키를 챙기지 않았다는 걸 떠올렸다.

버드는 용감하게 다시 방으로 뛰어갔다. 그때 버드는 역겨운 냄새를 맡았다. 평소에 늘 이층에서 나던 역겨운 냄새가 아니었다. 그보다 더 불쾌하고 비교할 수 없을 만큼 지독한... 암모니아 냄새 같은 것이었다. 버드는 고개를 들어 이층을 바라봤다. 침을 뚝뚝 흘리고 있는 남자가 창밖으로 고개를 내밀고 버드를 내려다보고 있었다.

빨리 달려라!

빨리!

도망쳐라!

도망쳐!

남자가 소리쳤다. 버드는 서둘러 창문을 뛰어 넘어가 차키를 들고 친구들에게로 달려갔다. 버드가 어릴 때 육상선수를 한 건 정말 잘한 일이었다.

그들은 차를 몰고 어두운 길을 한참이나 달려 시내에 다다랐다. 그리고 최대한 깔끔해 보이는 호텔에 들어가 큰돈을 주고 방을 빌렸다. 버드와 친구들은 한숨도 자지 않고 있다가 정오가 되자 차를 끌고 다시 숙소로 돌아갔다.

대낮에 찾아간 숙소 근처에는 수많은 경찰차가 서있었다. 그리고 가느다란 폴리스 라인이 경계를 지으며 숙소를 빙 두르고 있었다.

밤 사이에 그곳에서 살인사건이 일어났지만 버드는 누가 죽은 건지 모른다고 했다.

나는 버드가 걱정돼 계속 안부 문자를 보내 달라 부탁했다.

이제 이것보다 더 무서운 일은 없을 거야.

이게 버드의 마지막 문자였다.

하필이면 이렇게 추운 겨울에 창이 큰 집으로 이사를 온 바람에 밤마다 외풍에 시달려야 했다. 좁은 원룸이 지긋지긋해서 창이 큰 복층으로 이사했던 건데 생각지도 못했던 추위에 시달려야 하는 게 고난이었다. 다소 무리를 해서 이사를 온 거라 어마어마한 난방비를 지불할 자신도 없었다. 나는 전기장판을 틀고 이불 속에 틀어박힌 채 침대를 떠나지 않았다.

나는 이불 속에 누워서 하루종일 시끄러운 티비만 바라보며 시간을 보냈다. 그러나 드라마를 봐도, 영화를 봐도, 유튜브를 봐도 재밌지가 않았다. 전부 내가 모르는 얘기를 주절주절 늘어놓는 것 같아 모든 게 지겹기만 했다.

가끔 고기를 먹고 싶어질 때가 있었지만 같이 고기를 구워 먹으러 갈 사람이 없었다. 아무도 찾아오지 않는 동네로 이사한 건 내 선택이었지만 배달로 일인분 짜리 고기를 시켜 먹어야 하는 건 마음에 들지 않았다. 결국 나는 혼자 가도 가게 주인이 눈치를 주지 않는 갈비집을 발견해 종종 그곳을 이용했다.

갈비집 근처에는 요양병원이 있었고 바로 옆에 장례식장이 붙어있었다. 그 장례식장 앞을 지나면 언제나 남자들이 검은 옷을 입고 서서 담배를 피우고 있었다. 그들은 매일같이 뿌연 연기와 함께 그 앞에 장식돼 있었다.

이상했던 건 단 한 번도 그 앞에서 담배를 피우는 여자를 본 적이 없었다는 것이다. 분명 그 장례식장을 들르는 사람 중엔 담배를 피우는 여자도 있을 텐데.

하긴, 내가 지금껏 장례식에서 봤던 여자들은 모두 정숙하게 자리를 지키고 있거나 상복을 입고 육개장과 반찬을 나르고 있었으니 따지고 보면 신기한 일이 아니었다.

아직도 이 나라는 따분한 구석이 있었다. 내가 아는 남자들은 요즘 모든 게 급작스럽게 변한다고 했고 여자들은 모든 게 천천히 흘러가서 따분하다고 말했다.

나이든 남자들과 내 또래로 보이는 남자들이 모여 담뱃재를 털어내며 대화를 하고 있었다. 나는 감히 큰아버지나 삼촌 앞에서 담배 피우는 걸 상상도 못하는 여자들에 대해 생각했다. 또, 클럽 안에서 내게 담배를 나눠주던 버드와 희재에 대해 생각했다.

따분하다.

버드와 희재가 그리웠다.

나는 여느 때와 다름없이 티비를 틀어놓고 잠들었다가 암보험 광고 소리에 잠에서 깼다. 자리에서 일어나는데 집안이 유독 춥게 느껴졌다. 낮에 커튼을 젖혀놓고 잠든 탓에 창으로 외풍이 들어오고 있었다. 바깥은 어두웠고 하얀 눈이 날리고 있었다.

올해는 초가을에 첫눈이 내렸다. 여름이 끝나자마자 눈이 내려 사람들은 이 세상이 금방 망가지는 게 아닐까 하고 초조해했다. 그러나 기상이변 같은 첫눈이 멎고 다시 천천히 낙엽이 지고 나니 사람들은 그 초조함을 금방 잊었다.

나는 커튼을 닫으려 일층에 내려갔다가 창밖에 무수히 쏟아지는 눈을 보고 잠깐 창문을 열었다. 얼어붙은 공기가 곧바로 방안으로 쏟아져 들어왔다. 피부를 바늘로 찌르는 듯한 추위가 느껴졌고 얼굴에 차가운 감각들이 들러붙었다.

멀리서 사람들이 고개를 숙이고 두꺼운 옷을 껴입은 채로 거리를 지나고 있었다. 많은 사람들이 추위를 참지 못하고 무단횡단을 했다. 이런 광경을 보고 있는 동안 눈이 따뜻한 곳을 찾아 방안으로 들어왔다. 가볍게 날아 들어온 눈은 바닥에 닿자마자 순식간에 녹아내렸다.

그때 누군가 초인종을 눌렀다. 한밤중이었다. 나는 창문을 닫으려다 말고 현관문을 열었다. 문을 열자 창을 통해 거세게 바람이 방 안으로 불어왔고 순식간에 현관문까지 찬바람이 쏟아졌다. 갑자기 불어온 바람이 문 앞에 서있던 여자의 앞머리를 흐트러뜨렸다. 여자는 칭칭 감았던 목도리를 풀어헤치며 나에게 안겼다. 유키였다.

"여름에 찍던 영화가 입상을 했어. 인기상 정도였지만."

"잘 됐다."

나는 전기장판이 틀어진 이불 위에 누워 덜덜 떨고 있는 유키에게 따뜻한 물을 건넸다. 유키는 오랜 시간 밖에 있었는지 온몸이 차가웠다. 나는 이불 속에 손을 넣고 차가운 유키의 발목을 주물렀다.

"잘 된 거 같아?"

유키가 기가 차다는 듯 웃었다. 나는 유키의 얼굴을 뚫어져라 쳐다봤다. 유키는 금방이라도 울 것 같은 얼굴을 하고 있었다.

"거기에 내 이름이 없어."

유키가 울먹이며 말했다.

"그게 무슨 소리야?"

"영화에 내 이름이 안 올라가 있다고."

그렇게 말하고 유키는 울음을 터뜨렸다. 유키는 원래 눈물이 많았지만 이번엔 어딘가 달랐다.

"할 수 있는 모든 일은 다하고 난생 처음 연기도 해봤는데 화면 안에 나라는 사람이 한 순간도 나오지 않았어."

평소엔 눈물을 뚝뚝 흘리며 어리광을 부리던 유키였지만 지금은 아니었다. 유키는 고통스럽다는 듯이 소리를 지르며 온몸을 비틀었다. 나는 유키를 껴안고 소리쳤다.

"유키, 정신 차려!"

"전부 다 싫어. 지겨워."

"유키야! 괜찮아... 겨우 인기상이잖아."

"근데 내 이름이 없어! 내 이름이 없다고."

유키는 머리를 쥐어뜯으며 눈물을 흘렸다. 유키의 울음소리는 비명소리에 가까웠다. 나는 유키가 더이상 머리를 쥐어뜯지 못하게 머리를 끌어안았다. 유키는 내 허리를 안고 한참을 울었다. 나는 유키가 진정할 때까지 머리를 쓰다듬었다. 유키의 머리카락은 어느새 어깨까지 자라있었다. 유키는 눈물을 흘리다가 내 허리를 세게 끌어안기도 했는데 유키의 팔뚝이 너무 앙상해서 아프지 않았다.

유키는 눈물을 닦고 나를 올려다봤다.

"사람들은 왜 이렇게 비겁하고 연약해?"

"..."

"왜 솔직한 사람은 아무도 없는 거야?"

"..."

"왜 가족들은 전부 내 잘못이라고만 하지?"

유키는 오래전부터 엄마와 언니에 대한 이야기를 했다. 유키는 가족들을 정말 사랑했지만 그들이 유키에게 무심코 한 말들을 모두 기억했다. 그걸 잊지 못하기 때문에 유키는 자꾸만 사람들과 싸우게 된다고 했다.

"아무것도 이룬 게 없으면 나는 어떻게 살아야 하지."

유키는 손을 뻗어 휴지를 찾으면서 말했다. 나는 유키에게 휴지를 건네줬다. 유키는 코를 풀고 나서 내가 가져온 물을 마셨다.

"다시 해, 유키야."

"아무것도 한 게 없는 채로 어떻게 다시 해? 다시 해도 안 되면 나는 또 이룬 거 없이 시작해야 하는데 어떻게 시작해야 하는데? 그렇게 계속 안 되기만 하면?"

유키는 울먹거렸지만 더이상 울지는 않았다. 유키는 붉어진 눈으로 여전히 눈이 쏟아지고 있는 창밖을 노려보고 있었다.

본 적 없는 슬픔을 상상할 필요는 없는 거야.

나도 멍하니 창밖을 바라봤다. 눈이 천천히 떨어지고 있어 이 세상이 느리게 움직이는 것처럼 느껴졌다. 어딘가 하늘에서는 시속 천 킬로의 속도로 비행기가 날아가고 있고 이 땅이 어느 것보다 빠른 속도로 돌아가면서 낮과 밤을 만든다는 사실이 어색하게 느껴졌다.

나를 둘러싸고 있는 것들은 모두 천천히 움직이는데 내가 발붙인 이 땅은 너무나 빨리 움직이고 있었다. 그런 것들이 나를 초조하게 만들었다. 내 주변의 속도와 내가 닿은 지면의 속도가 다르게 흘러간다는 것이 두려웠다. 유키는 진작부터 그

불안함을 느끼고 있었던 게 틀림없었다. 그래서 여름부터 그는 우리 앞에서 사라졌던 것이다.

"언니, 나는 열등감 덩어리야."

유키는 입버릇 같은 말을 꺼냈다.

"열등감은 입 밖으로 꺼내 말하면 휘발돼."

유키는 창 쪽으로 몸을 돌리고 누워있었다. 나는 이불 속으로 들어가 유키의 몸을 끌어안았다. 유키의 몸은 조금 전보다 따뜻해져 있었다.

"언니, 사람들은 왜 이렇게 멍청해? 왜 자꾸 멍청한 말만 해서 나를 화나게 만들지?"

"원래 그래."

"집에 가면 엄마도 언니도 나를 무시해. 아무도 내 말을 안 들어줘. 나는 너무..."

유키는 다시 울지 않으려고 꾸욱 힘줘서 말했다.

"외로워."

유키는 밤새 내게 많은 이야기들을 털어놓았다. 어떤 이유로 영화를 찍게 됐고, 어떻게 사람들과 작업을 했고, 그 과정에서 어떤 일이 있었는지. 그리고 유키가 그동안 살아오며 느꼈던 것들, 사람들에게 관심을 받고 싶었지만 관심이 두려워진 순간에 대한 것들, 앞으로 하고 싶은 것들과 동경하는 것들을 얘기했다.

나는 유키에게 얼마 전에 절필했다는 소식을 전했다.

그러자 유키의 얼굴에 미소가 떠올랐다.

"그래? 언니, 어차피 재능 없었으니까 잘했어!"

그건 내가 유키에게 하고 싶은 말이었다. 그러나 유키의 말도 틀린 게 아니었기에 나는 아무 말도 하지 않았다.

유키는 조금 기분이 풀렸는지 목소리가 한결 가벼워졌다. 그리고 엄마에 대한 이야기를 하던 도중 버드에 대한 얘기를 꺼냈다.

"그런데 버드는 정말 철없는 거 같지 않아?"

"왜?"

"그냥... 걔는 부모님이 뭐든 다 해주잖아!"

그리곤 가방에서 캠코더를 꺼내 말했다.

"나 사실 버드를 찍은 적 있다? 이거 볼래?"

유키는 캠코더를 켜 내게 화면을 보여줬다. 그 안에는 정말 버드가 있었다.

앵글 안에는 버드만 있는 게 아니었고, 술집에 앉아있는 유키와 버드가 있었다. 둘이서 대화를 하는 모습이 담겨 있었다.

나 요즘 영화 찍고 있어.

영화?

응. 버드 너는 뭐 안 해?

나는 뭐...

너 그렇게 부모님한테 의지해서 살다간 아무것도 못한다? 너희 집 그렇게까지 잘 사는 것도 아니잖아.

너도 뭐 대단한 걸 하는 건 아니잖아?

버드가 발끈했다.

그러나 유키는 개의치 않고 캠코더를 가리키며 말했다.

나 부탁할 거 있는데 혹시 인터뷰 형식으로 네 얼굴 담아가도 돼?

버드가 조금 전보다 풀린 표정으로 캠코더 렌즈를 들여다 봤다.

그 순간 나는 버드와 눈이 마주친 느낌을 받았다.

네가 내 배우가 되는 거야. 근데 연기를 할 필요는 없어.

버드의 표정이 미묘하게 변했는데 어떤 생각을 하는지 알 수 없었다.

유키가 자리에서 일어나 캠코더 화면을 돌려 버드에게 버드의 얼굴이 어떻게 나오는지 보여줬다. 유키가 캠코더를 만질 때마다 앵글이 정신없이 움직였다.

화면은 곧 버드의 얼굴을 가까이 비췄다. 버드는 인상을 찌푸리고 머리를 매만졌다가 입술을 손으로 문질렀다. 버드는 한참동안 화면을 바라보다가 신경질적으로 머리를 헝클어뜨렸다.

이거 찍으려고 보자고 한 거지?

버드가 고개를 돌리고 말했다.

저렇게 화가 나 보이는 버드의 모습은 오랜만이었다.

그런 거 아니야. 다큐 형식으로 영화를 찍고 있었는데 참고가 될 만한 영상을 찍어 가고 싶어서. 영상을 어디에 쓰지는 않을 거야.

마치 러시아에서 보내온 영상들 같네. 나는 이 말을 굳이 입 밖으로 꺼내지 않았다.

버드는 여전히 화가 나 있었다. 유키는 캠코더를 만지작거리다가 다시 제자리에 놓았고, 풀이 죽은 얼굴로 버드 옆에 앉았다. 그러자 버드는 한숨을 푹 내쉬었다.

시작하면 돼?

버드는 거울로 화장과 머리 상태를 확인하고 유키에게 물었다. 유키는 캠코더를 들고 고개를 끄덕였다. 유키가 끄덕일 때 캠코더도 함께 흔들렸다.

나 지금 조명을 등지고 있지 않아?

그게 더 좋아. 괜찮아.

너무 못생기지 않았어?

아니야.

그런데 뭘 하면 돼?

아까 말했잖아.

이런 거 어색해.

좋아, 그럼 네 연애 애기나 들려줘봐.

버드는 잠시 생각하는 듯 눈을 내리깔았다.

나는 클럽에서 사귄 연하의 남자친구가 있어.

버드가 말하자 유키가 웃음을 터뜨렸다. 유키가 웃을 때마다 화면이 정신 사납게 흔들렸다.

근데 보다시피 난 지금 남자친구한테 집에 가서 잔다고 하고 너랑 이렇게 놀고 있어. 너랑 밤새 재밌게 놀 줄 알고 거짓말하고 나온 거란 말이야. 어제도 잔다고 하고 클럽 가서 밤새 놀았어. 다른 남자들하고 술도 마셨고. 아, 그리고 말 안 한 거 있는데 어제 사실 못생긴 남자애들에게 번호도 줬어. 낮에 몇 번 전화하고 다 차단했지만.

한란한테 이런 거 말하면 엄청 싫어하는데, 걔는 내가 잘생긴 남자애들하고만 노는 줄 알아. 은근히 눈이 높은 건 걘데. 그런데 요즘은 한란이 걱정돼. 걔 자꾸 정신이 다른데 팔려있지 않아? 자꾸 귀신이 보인다 그러고, 악몽을 꾼다 그러고. 요즘은 매일 밤마다 우는 거 같아. 큐랑 헤어진 지가 언젠데 아직도 걔를 생각하는 게 불쌍해.

사실 나 한란한테 거짓말 했어. 걔랑 헤어지고 나서 큐가 바로 다른 여자들하고 놀러 다니고 있다고, 큐가 여자랑 있는 광경을 몇 번이나 봤다고 거짓말했어. 우연히 큐가 여자랑 있는 사진을 찍은 적이 있긴 했는데 그것도 서로 인사만 하고 헤어지는 모습이었거든. 난 계속 거짓말했어. 그래야 한란이 금방 정신 차릴 줄 알았거든. 근데 오히려 더 이상해져 가는 것 같아. 걱정돼서 희재한테 얘기했더니 희재는 그냥 놔두라더라. 그래도 괜찮은 걸까?

...한란에게 해주고 싶은 말이 있어. 너는 말야, 말하자면 정말 멋지게 꾸미고 와서 화장실에서 손을 씻고 핸드타올이 아닌 옷에다 대충 물기를 슥슥 닦는 녀석이야. 자세히 보면 카라나 소매 쪽은 다림질이 전혀 돼있지 않지만 정말 끝내주게 예쁘게 입었지. 정말 예쁘지만 엉성한 화장을 했어. 그런 널 멀리서 보면 모두 시선이 갈 거고 가까이서 보면 널 사랑스럽다 여길 거야.

또... 아니야. 아무튼 다른 얘기를 하자면 나는 내일 남자친구랑 데이트가 있어. 성수동에 갈 건데 아직 데이트 코스를 못 정했어. 남자애들은 왜 그렇게 계획적이지가 않은 거야? 그렇다고 데이트 코스를 짜오라고 그러면 맛없는 냉동 삼겹살집이나 데려가고 그래. 남자친구가 아직 어려서 그런가? 그런 거에 비하면 진은 정말 로맨틱했지. 나 남자친구 몰래 여전히 진하고 연락도 주고받아. 한달에 한 번 꼴이지만. 나는 진과 보냈던 며칠을 평생 간직할 거야. 아, 그리고 이건 한란에게 먼저 말하려고 했던 건데.

버드는 화면을 똑바로 바라봤다.

나 여름이 지나면 호주로 떠날 거야.

버드의 다음 말을 기점으로 유키는 버드에게 불같이 화를 냈을 것이다. 그 후로 더 찍힌 게 없었기 때문이다. 그러나 유키는 언제 버드에게 화를 냈냐는 듯이 태연한 얼굴로 내게 물었다.

"버드는 호주에서 잘 지내고 있대? 거기는 지금이 여름이라던데, 우리가 겨울일 때 혼자 여름 속에 있으면 기분이 어떨까?"

유키는 샤워를 마치고 나서 내게 자고 가도 되냐고 물었다. 나는 이미 여벌의 이불을 꺼낸 후였다.

오랜만에 보일러를 틀었더니 방안이 따뜻했다. 나는 유키를 이불에 눕히고 어깨를 토닥였다. 그러자 유키는 다시 어리광을 부리기 시작했다.

"난 정말 외로워."

나는 유키의 머리를 쓰다듬으며 창밖을 바라봤다. 밤새 눈이 내려 지붕에는 이미 많은 눈이 쌓여있었다. 유키가 잠들고 얼마 지나지 않아 멀리 도로에서 제설차가 지나가는 것이 보였다.

버드는 지금쯤 여름 안에 있을 텐데 나는 여기서 뭐하는 걸까.

세상은 정말 불 타 없어질까?

아니면 바다에 잠겨 사라질까?

나는 어떤 요트에 타게 될까?

버드는 겨울이 지나면 다시 돌아올까?

희재의 전 애인은 언제쯤 꿈을 이룰까... 유키는, 희재는 어떤 꿈을 가지고 있었더라. 나는...

나는 어둠 속에서 조용히 오르내리는 유키의 어깨를 바라봤다.

원래 그래.

외로운 건 원래 그래 유키야. 나는 어둠 속에서 희뿌옇게 변하는 유키의 어깨를 바라보며 생각했다.

유키가 귀신처럼 이 세상에 위태롭게 걸쳐져 있고 간편하게 지워질 수 있는 존재였다면 좋았을 텐데. 새로 자신을 꺼내보고 싶을 때 유키는 유키가 원하는 맑은 모습으로 손쉽게 다시 깨어나고 친구들에게 화도 내지 않고 엄마와 언니가 밉지 않고 모두가 유키를 이해할 수 있는 그럴만한 세상에 떨어지는 거라면.

그렇게 유키가 다시 깨어난다면 얼마나 좋을까.

나는 언젠가 큐와 창 너머로 봤던 헬리콥터를 떠올렸다.

헬리콥터가 뭔가를 매달고 가.

물일 거야.

아니야, 저건 씨앗이야.

산불이 났나?

물이 아니라고 내기 하자.

산불이 났나?

우리는 선풍기를 쐬며 좁은 소파에 누워서 중얼거렸다.

나룻배에 탄 것 같아.

나는 나와 어울리지 않게 새카맣게 탄 피부를 하나하나 뜯어보다가 팔을 머리 위로 당겼다. 겨드랑이가 시원했다.

나는 졸음이 밀려오는 상태에서 높은 천장을 바라보며 파도치는 바다를 떠다니는 기분을 느끼며 유키의 어깨를 토닥였다. 아니, 정신을 차려보니 나와 유키는 헬리콥터에 매달려 있었다. 그리곤 하늘을 날다 타오르는 불의 산 위로 나와 유키와 버드와 희재가 떨어졌다.

한란, 이제 일어나.

나는 눈을 떴다. 해를 등지고 나를 내려다보는 이의 얼굴을 나는 분간할 수 없었다. 그가 유키인지, 버드인지, 희재인지,

큐인지, 귀신인지, 악마인지 알 수 없었다. 나는 지금까지 몇 번의 이별을 겪어온 걸까. 떠올리려 했지만 아무것도 생각나지 않았다. 내 머릿속엔 꿈에서 본 끝도 없이 펼쳐진 불타는 지평만이 가득했다.